「乱暴にはしない。ただ、あんたには前科があるからな。俺
も慎重になる」
淡々と言いながら、榊はシュッ…と軽い音を立てて南雲の
ネクタイを解く。

SHY NOVELS

undercover
アンダーカバー

水壬楓子

イラスト 水名瀬雅良

CONTENTS

under cover

アンダーカバー

1

「おい、大丈夫か？」

榊《さかき》がそれを見かけたのは夜の歓楽街だった。

仕事始めのサラリーマンたちも正月気分がようやく抜け、怪しげな飲み屋やラブホも年末年始の特別料金をしぶしぶ引っこめて、……まあ、通常のぼったくりにもどった頃だ。調子の外れた酔っ払いの歌声やら、客を送り出すホステスの甲高い声やらで、街は例によって混沌《こんとん》とした賑《にぎ》わいをみせ、肌寒い夜の風も酒臭い熱気に飛ばされていた。

夜の十一時過ぎ。

馴染《なじ》みの店でマスターや常連客を相手に盛り上がり、素直に帰るか、もう一軒まわるか…、と迷いながらふらふらと店を出てすぐだ。

派手な看板やネオンが踊る通りから外れた薄暗い裏通りで、ゴミゴミとした飲み屋の裏口が連なり、声高な呼び込みやら客引きの声も遠い。

ほろ酔い——とは言えないほど、結構な酒は入っていたのだろう。足下が少しばかり危ういな…、という自覚もあった。

それでも通りかかった小路の奥からうめき声のようなものが聞こえた気がして、何気なく足を止めた榊は無意識に闇の奥に目をこらしながら声をかけていた。

ただの酔っ払いならかまわないが、うっかり病人でも見捨てることになれば寝覚めが悪い。

しかしわずかに通りの端からのぞきこんだ瞬間、あからさまに暴力的な――ある種の馴染んだ怒気が飛んできて肌に突き刺さった。

「……あぁ？　何見てんだよ？　カンケーねぇから引っこんでろ、おっさん！」

こっちの姿はある程度見えるらしく、キレたような若者の声に榊はわずかに目をすがめる。

目が馴染むと、闇の中にいくつかの人影が浮かんで見えた。

立っているのが三人。うずくまっているのが一人。そしてどうやらもう一人、地面に倒れているらしい。

やっかいごとに関わる気はなかった。とはいえ、ほどよくアルコールのまわった頭に、投げつけられたセリフはいささかカチンとくる。

きちんと言葉にすれば、「イキがるなよ、ガキが」というところで、もっと正直に言えば、「誰がおっさんだ、ボケッ」ということになる。

声の感じからいえば相手は二十歳《はたち》そこそこで、耳障《みみざわ》りに甲高い。だが榊にしても、まだ三十三歳だ。男盛りと言っていい――はずだった。

もっとも、こんなふうに連日やくたいもなく飲み歩いているようでは、確かにいいカモになりそうなおっさんなのかもな…、とちょっと自嘲してしまう。

チンピラ同士のケンカだろうか。あるいは、ぼったくりにでも遭ったカモが抵抗し、路地裏でシメられているのか。

そんなことを考えながら、榊はふらりとその小さな通りへ足を踏み入れた。

「なんだぁ…？　うせろってのが聞こえねぇのかよっ」

近づいてみて、いらだった様子でわめいているのがどこかの客引きらしい連中だとわかる。茶髪に着崩れた安っぽいスーツ姿だ。

そしてその足下に倒れている男はかなりやられたらしく、髪は乱れ、低いうなり声が冷たい空気を震わせていた。

シャツもネクタイも今はぐしゃぐしゃに乱れていたが、普通に地味なスーツ姿でサラリーマンに見える。近くには飛ばされたカバンから中身が散らばっていて、ほとんど身ぐるみ剥《は》がされている状態だった。

しかしその男を介抱するように膝をついているのは、その同僚という感じでもない。

シンプルなカットソーにパンツ姿、襟の大きめなジャケットを羽織っただけのラフな格好で、さらりとしたショートヘアから垣間《かいま》見える横顔の線がすっきりと整っている。

仕事終わりのデート中に絡まれたのか、と気の毒に思ったのだが。

その連れが新しい気配に気づいたのかふっと顔を上げ、いぶかるような眼差《まなざ》しがまっすぐに見つめ返す。

「うぉ…」

目が合った瞬間、思わず間の抜けた声がもれた。

横顔以上に美人だ。ショーモデルのようにシャープな雰囲気で、膝をついた状態でも、スッ…と背筋の伸びた姿勢が美しく、きつめの表情がなかなかにそそる。

榊が敵なのか味方なのか、はっきりとしないのだろう。怯《おび》えている、というよりも、胡散臭《うさんくさ》そうににらみ上げる表情にちょっと見惚《みほ》れてしまう。

これだと、デート中にスカウトみたいなのが絡んできてもめ事になったのかもしれない。

そんなことを考えていると、襲っている男たちの一人が倒れていた男の足下をまたぎ、威嚇《いかく》しながら榊ににじり寄ってきた。

「カンケーねぇっつってんだろ！　何の用だよっ、おっさん」

それに榊は軽く頬を掻《か》きながら返した。

「別に関係はないけどな。あぁ…、この道を通りたいだけ？」

片手をコートのポケットに突っこんだまま、いかにもからかう口調で返した榊に、チッと男が忌々《いまいま》しげに舌打ちする。

「別の道通れよっ！　……ったく、邪魔が多いな、今日は」

男のセリフに、おや、と榊は首をかしげる。

ということは、彼女が絡まれている場面に男が助けに入ってやられたのか。

まあ、これだけの美人ならうっかり助けてやりたくなる気持ちもわかるが、このご時世になかなかの男気だ。

「さっさと行けよ。ケガしたくなきゃな」

脅しのつもりなのだろう、拳を振り上げていかにも殴りかかる素振りで凄《すご》んだ男に、榊は思わず苦笑をもらしてしまった。

ケンカには慣れているらしい。にしても隙だらけで、榊が酔拳の達人でなくても相手にならない。

「なんだ、てめぇ…」

男の拳が目前まで迫っても、ことさら避けることをしなかった榊の余裕のある様子に、男がいくぶん気色《けしき》ばむ。そして今度は本気で振りかぶって、大きく拳を突き出してきた。

寸前で見切って、榊がわずかに顎《あご》を引くだけで軽くかわすと、男の身体が勢いでつんのめるように脇の壁へ倒れかかる。

「やろう…！」

低くうなると、ちらっと壁際を見た男がふいにしゃがみこみ、再び榊に向き直った時には手に鉄パイプを握っていた。

といっても工事現場で見かけるごっついのではなく、壊れたパイプイスの脚という感じの、細めの短いやつだ。しかしこんな場所に都合よく落ちているモノではなく、常備している手軽な武器らしい。つまりこの路地は、連中が誰かをシメる時に、よく連れこんでいる場所なのだ。

「なめてんじゃねぇぞっ！」

勢いよく振り下ろされた鉄パイプを、榊は無意識に間合いを計り、身を反らして最小限の動きで避けた。

……つもりだった。

「うおっ…と」

しかしうっかり踵《かかと》がすべり、足下がわずかによろめいた。

アルコールのまわった身体が意識についていかなかったのか、いびつな形に折れて尖《とが》っていた切っ先が頬をかすめる。ぶん、と耳元で風鳴りがした。

痛みは感じなかったが、何かが頬を伝う感触に無意識に手をやると、指先が赤く色づいている。ふわっと鼻先をかすめた血の臭いに少しばかり本能が呼び起こされたのか、わずかに身体が熱を持つのがわかる。

「危ないな…」

鼻に皺《しわ》を寄せるようにして、榊は小さくつぶやいた。

身体が戦闘態勢に入ると、自然と意識はスッ…とクリアになる。

だが動きの止まった榊に、ひるんだと思ったのか男は鉄パイプを手のひらに軽く打ちつけながらゆっくりと近づいてきた。

目の前に立つと、いびつな笑みを浮かべ、そのパイプでいたぶるみたいにペチペチと榊の頬をたたく。耳元でささやくように言った。

「ほらほら…、余計なことに首つっこまない方がいいって。わかんだろ、おっさん?」

「……まぁな。けど、俺としてもこんな美人の前で逃げ出すのはカッコつかねぇからなぁ…」

あえてのんびりと返した榊に、男が眉をひそめて叫ぶ。

「スカしてんじゃねぇよっ」

そんなやりとりに、奥の方から別の声がかかった。

「いいんじゃね？　そいつには通行料、払ってもらえばさ。こいつ、二万も持ってなかったし。ぜんぜん金、足りてねーし」

足下でうめいている男を足先で小突きながら、おもしろそうに言う。

「そうだよなー。こっちの彼女には、仕事探してんのなら俺たちが店を紹介してやろうかーって、親切に声かけてただけだし？　こっちのおっさんは食い逃げしようとしてたから、代金払ってもらおうって交渉してただけだしな。横からとやかく言われることじゃねぇ」

やはりぼったくりだったらしい。

鉄パイプを片手に握り直した若者が、へらへらと笑って榊を見上げた。

「だってさ。通行料、いるんだって。あーあぁ…、おとなしく見ないふりしてりゃ楽しく飲んで帰れたのになァ…、おっさん。わざわざ自分からこんな道選んじゃって」

「そうだな。面倒に首をつっこむ気はなかったんだが」

さらりと言いながら片手で首筋を撫《な》でる。そして、軽く首を曲げると若者の顔をのぞきこんで、にやりと付け足した。

「悪いクセだよなぁ…、おまえみたいにきゃんきゃん鳴いてるだけのガキに口の利《き》き方《かた》を教えてやりたくなってな」

あ？　と一瞬、何を言われたのかわからなかったように男が呆《ほう》けた顔を見せ、次の瞬間、いきり立った。

「ざけんなっ！　ほら…、財布出せよっ、財布！　どうやらアンタも痛い目を見ないとわかんないバカみたいだな…っ」

目の前で唾を飛ばしながらわめいた男が大きく鉄パイプを振り下ろした次の瞬間――。

ぎゃぁぁ……っ！　といきなり、喉がつぶれたような悲鳴が空気を裂いた。

「おまえがな」

淡々と口にした榊が、鉄パイプを握った男の手首を素早くひねり上げたのだ。

「てっ…、いてぇよっ！　放せって…！」

わめく男にかまわずさらに力を加えると、痛みから逃れようと無意識に男の身体が背中向きによじれる。榊は無防備にさらされた男の膝裏を鋭く一蹴りし、そのまま顔面から地面へ押し倒した。

「ひ…っ、やめっ…、――ひ…あぁぁ…っ！」

片腕だけがねじれたまま引っ張られた状態で、激痛に声を上げ、とうとう男の指から鉄パイプが放れる。

転がり落ちた鉄パイプを無造作に遠くへ蹴り飛ばすと、榊は地面を爪でひっかきながらうめく男の腕をようやく放してやった。

「美人だと助け甲斐《がい》もあるしなー」

そしてとぼけたように口にしながら顔を上げると、他の二人が形相を変えて榊をにらみつける。

「ふざけやがって…！」

片方が頭に血を上らせて榊に殴りかかった。

寸前で軽くかわした榊は、拳を伸ばした勢いのままに流れた男の腕を引き、鳩尾《みぞおち》に膝をたたきこむ。

ぐぉっ、と濁った音を立て、胃液をこぼしながら男が地面でのたうった。

それをちらっと見下ろして、榊はゆっくりと残りの一人に近づく。

「なっ…、なんだよっ、てめぇは…っ！」

さすがに男の顔が引きつった。

「悪《わ》りぃな…。酔ってるんで、ちょっと手加減できなくてな」

にやりと笑った榊に、男がハッと我に返ってポケットからナイフを取り出し、とっさにそばで膝をついていた美人の髪を鷲摑《わしづか》みにした。

強引に立たせると、片腕で首を絞めるようにして、もう片方の手でナイフを頬に突きつける。

「近づくなっ！　うせろよ、おっさん！」

それに、榊はわずかに目をすがめる。

「やめとけって。相手にならねぇよ」

酔ってはいてもチンピラ相手だ。

「うるせぇっ！　近づくなっつってんだろ！」

にやりと凄みと余裕を見せて笑った榊に、男が混乱したように叫んだ。

人質になった形の彼女は、恐怖のせいか無表情に顔が強《こわ》ばっている。身動き一つできないくらいであれば、むしろ面倒がない。

「大丈夫。じっとしててくれ」

彼女の目を見て穏やかに伝えてから、スッ…と視線を男にもどした。

「それで？　そんな危ないモン振りまわして、傷害か殺人未遂で前科をつけるのか、兄ちゃん？」

一歩ずつ足を進めながらからかうように言ってやると、ようやく自分のしていることに気づいたみたいに男の目が泳ぐ。実際、粋《いき》がっているだけで、ナイフを扱い慣れているようでもない。

「それとも俺に、正当防衛で片腕を使えなくしてほしいのかな？」

「な…なんだと…っ？」

反射的に怒鳴り返してきた男の声がひっくり返っている。

「つまんねぇことしてねぇで、あいつら連れてさっさとうせろよ」

軽く顎をしゃくって後ろでうめいている仲間を指して言うと、男の目がつられてそちらに流れる。

同時に軽く、ナイフを握った手が浮くのがわかる。

瞬間、榊は地面を蹴り、男の手首をつかんだ。

「な…、クソっ！」

反射的に振り払おうと男が力をこめたが、がっちりと固定した榊の手はびくともしない。

彼女が素早く離れたのを確かめてから、男の手を横の壁にたたきつけた。悲鳴とともにナイフが壁沿いにすべり落ちる。乾いた金属音。

そのまま腕を引っ張り、突き放す寸前に男の腹に蹴りを入れると、勢いのついた身体が他の仲間たちの方へ吹っ飛んだ。

「お…おいっ、大丈夫か…っ？」

ようやく立ち上がりかけていた二人が、飛ばされてきた男の身体をなんとか立たせる。

「くそ…っ、てめぇの顔は忘れねえからなっ！」

そして愚にもつかない捨てゼリフを吐いて、男たちがよろよろと逃げていった。

その背中が消えるのを見送ってから、榊は残された二人の方に向き直る。

「大丈夫？」

声をかけると、倒れたままの男のそばで膝をついていた彼女がふっと厳しい眼差しを上げて指示してきた。

「救急車、呼んでください。この人、腕の骨が折れてるみたいですし、頭部に出血もある」

腰が抜けたわけではなく、どうやら地面でうめいているサラリーマンの状態を見ていたらしい。意外と冷静だ。手早くネクタイを緩め、軽く持ち上げて後頭部も確認している。

「……なんだ。だったら連中の腕もへし折ってやりゃよかった」

ポケットから携帯を取り出しながら、榊はつぶやいた。

一一九を押しながら、テキパキと応急処置をしている真剣な横顔に、ふっと――かつての恋人の姿を思い出す。疼《うず》くように胸の奥が痛んだ。

「ずいぶんと手荒い助け方でしたね」

手を動かしながら淡々と指摘され、救急に場所を告げた榊は携帯を持ったままの手を軽く上げてあやまった。

「怖がらせたら悪かった」

助けてやった、というほどのつもりはなかったが、そうドライに言われると少しばかり鼻白む。そしてちょっと首をかしげた。

「手慣れてるな。医者なのか？」

「違いますよ。まわりにケガ人が多かっただけです」

何気なく尋ねた榊にあっさりと答え、彼女がするりと立ち上がった。まっすぐに榊に向き直る。

あ、とようやく榊は気づいた。

「……あんた、男か？」

すらりと華奢《きゃしゃ》な骨格だが、女性特有の丸みはない。

「助けて損をしましたか？」

ちらっと口元で笑って聞かれ、榊は肩をすくめた。

「いや、それはねぇけど」

美人には違いないし、……まあ、ちょっと残念、という気はしなくもないが。

まもなく救急車のサイレンの音が近づき、通りから入ってきたところでピタリ、と止まった。

「あ、こっちです」

榊が大きく手を上げると、駆け足で隊員たちが近づいてくる。

「行きましょう」

ストレッチャーが運ばれ、野次馬なども集まってあたりが一気に慌ただしい空気になると、小声で彼女――ではない、彼がうながした。

「……え？　いいのか？」

知り合いじゃないのか？　と思ったが。

「私もあの人が襲われているところに通りかかっただけですよ。知らない人です」

あっさりと言われ、……つまり、この男の方が巻きこまれたのか。しかも見かけて、逃げることもせずに助けに入ったのか。

「無茶するな…」

少しばかり意外に思いながらも、榊は一緒に足を速めた。救急車が止まっているのとは反対側へ抜けて、素早く角を曲がると大通りの人混みに紛れこむ。

「ていうか、別に逃げる必要はなかったんだよな…」

雑多な喧噪《けんそう》につつまれ、周囲が日常にもどってホッと一息ついてから、ふと思い返して榊はつぶやいた。

何となく引っ張られて逃げたものの。

「結構な過剰防衛じゃなかったですか？」

しかし冷静に指摘されると、榊も苦笑いするしかない。

「あんたは…、逃げなきゃいけなかったのか？」

ちょっとうかがうように尋ねてみる。

「いろいろと面倒でしょう？　あのあたりで客を探していたのは確かですしね」

軽く前髪を掻き上げ、細い肩をすくめて言った男の言葉に、榊はちょっと目を見張った。

客――というと。

「え…、客引き？」

「フリーでやってるので、いろいろと。ふだんからあの連中には絡まれてたんですよ」

さらりと返され、ようやく榊も男の言葉の意味に行き着いた。

「……ウリ？」

縄張りの問題でもめているのか。客の取り合いなのか。

しかし、なんで？　と反射的に思う。

「あんただったら別の方法でいくらでも稼げると思うけどな」

「間に人を入れたくないんです。昼間は別の…、堅い仕事があるので。手っ取り早く金が必要なんですよ」

あぁ、とちょっと納得はしたが、嘆息してしまう。

「危ないな…。さっきみたいなことも多いだろう？」

フリーでふらふらやっていると、あっという間にヤクザにつけ込まれて商売させられることになる。

そうでなくともこの容姿だ。

「時間がある時に街を歩いて、余裕のありそうな男を引っかけるだけですから。……一晩の恋愛ですよ」

クスッと笑って言われ、榊はちょっと眉を寄せた。

――男、か…。

有閑《ゆうかん》マダムかホステス相手にしておけば、まだリスクは少ないだろうに。いや、女だと自分よりキレイな男は敬遠するのだろうか。

「その一夜の恋愛の値段はいくらなんだ？」

「興味があるんですか？」

何気なく聞いた榊は、いかにも意味ありげに聞き返され、思わず言葉につまった。

「あー、そうだな…。……えーと、今、手持ちが少ないんだけどな」

知らず、視線がさまよう。

「サービスしますよ？　助けてもらいましたし」

ふっと立ち止まった男がするりと腕を伸ばし、口元で微笑《ほほえ》みながら榊の胸に手のひらで触れる。

まったくその気がなければ、すぐに否定することはできたはずだ。が、迷ってしまうのは……さっきのこの男の横顔に、恋人の面影を見てしまったからだろうか。

まったく――違うはずなのに。

「今から客を探すのは大変そうですしね。この時間からだと朝までのコースになりそうですし…、さすがに疲れますから」

「それ以前に危ないだろ」

気楽に言った言葉に、思わず榊はうめいた。

さっきの連中だってまだそのへんにいる可能性もあるのだ。何なら仲間を引き連れて、もどってきているかもしれない。

「優しいんですね？」

二、三度目を瞬《またた》かせて榊を眺め、彼が喉で笑う。そして手のひらで榊の脇腹のあたりを撫でながら、さらりと続けた。
「リスクはわかっていてやっている仕事ですから。相手は選んでますしね」

「まぁ…、あんたが納得してやっていることなら、俺がとやかく口を挟むことじゃないけどな」

もちろん、事情はあるのだろう。それにいちいち立ち入りつもりはない。

ため息まじりに返しながら、それでも……なぜか目が離せなかった。

どこか近寄りがたい、凛《りん》とした意思が見える横顔には商売女みたいな安っぽい色気はない。かつての花魁《おいらん》のように、金で買われる立場でありながら簡単には手が届きそうにない、不思議な雰囲気だ。

だからこそ、汚してはいけないものを自分の手で汚したくなる背徳感――に襲われる。そんなところが、ある種の男たちを惹《ひ》きつけるのかもしれない。

うっかり想像してしまいそうだった。

自分と別れたあと、彼がどこかで客を引っかけ、ホテルに入って、ベッドで足を開く。金で買われ、地面に墜《お》ちた花が男のモノで汚される姿。

あるいは――ベッドの上でも、この男ならいいように相手の鼻面《はなづら》を引きまわして好きにもてあそぶのだろうか。

「サービスっていうのは、ご奉仕の？　それとも値段？」

平然とした顔で聞きながらも、どこかそわそわとした気分になる。微妙に自分の声がかすれそうになるのがわかった。

ふっと一瞬、榊を見上げた男が、ゆっくりと誘うように、指を下肢へとすべらせる。

「どちらも。あなた、お上手そうですしね」

答えながら、長い指がほんのかすかに、榊の中心をジーンズの上からなぞり、それだけでドクッ…と下肢が痛いくらいに熱くなる。

蠱惑《こわく》的な笑み。濡《ぬ》れた眼差しが見上げてくる。

服の上をなぞる手がわずかに強く榊の足の付け根に触れ、内腿《うちもも》へ動いた瞬間、反射的に榊はその手をつかんでいた。

「光栄だな」

うかがうような男の眼差しに、小さく息を吐き、ようやく榊はそれだけを口にする。そしてつかんだ男の手を持ち上げて、手の甲に恭《うやうや》しくキスを落とした。

それに、男が小さく鼻で笑う。

「遊び慣れているみたいですね」

「それなりにモテるから」

いささか辛辣《しんらつ》な指摘に、にやりと笑って榊は返した。

「買う必要はないということですね。彼女がいるんですか?」

しかし何気なく放たれた言葉に、一瞬、息を詰める。

「……いないよ。今はね」

それでもさらりと口にした。本当のことだ。

「ああ…。でしたら、……一人の夜は淋《さび》しいでしょう」

まっすぐなどこか挑むような眼差しに見つめられ、榊は肩で息をついた。

……いいか、と思う。一夜の夢を買うのも。

さっきの騒ぎで酒はかなり抜けていたが、また少し酔いがもどってきた気がした。

酔いたい——気分でもあった。その一夜の夢に。

「ホテルの指定はあるのか？」

具体的になった榊の言葉に、彼がわずかに目をすがめて確認する。

「大丈夫ですか？　男相手でも。経験はあるんですか？」

「あるよ。男ばっかの環境にいたこともあるんでね」

彼が小さく笑う。

「男相手でもモテたんでしょうね」

「そう思う？」

「ええ。カラダだけでも十分」

「ふーん…、君にもアピールするのかな？」

「憧《あこが》れますよ」

駆け引きのような会話が少しばかりくすぐったい。

「いつも使っているところでいいですか？」

「ああ」

彼がさらりと尋ね、榊はうなずいた。

そこから歩いて五分足らずのこぎれいなホテルへ案内される。一見ラブホには見えないが、部屋に自動精算機――オトナの事情から、あくまで「両替機」らしいが――があるのを見ると、やはりラブホらしい。

とはいえ、中は普通にしゃれたシティホテルといった感じだ。特別な装置や装飾、凝った風呂などがあるわけでもない。

ジャケットを脱いだ男が冷蔵庫から取り出したグラスにビールを注ぐ背中を眺めながら、榊も自分のコートを脱いですぐそばのイスにかける。ベッドの端に腰を下ろすと、グラスを手に近づいてきた男がそれを枕元のサイドテーブルにのせ、榊の横に腰を下ろした。

「体格がいいんですね。何かやっているんですか？　さっきの、連中のあしらい方もずいぶんと慣れていたようですし」

世間話なのか、お愛想なのか、そんなことを口にしながら、彼が榊の目をのぞきこんで肩に手をすべらせる。

「危険な匂いのする男って惹かれない？」

にやりと笑って冗談に紛らわせ、さりげなくかわした榊に、相手が吐息で笑った。

「悪くないですね」

答えながらノリのきいたシーツの上に膝立ちになり、両腕を肩から背中に伸ばしてくる。

なかばもたれかかる体勢に、榊は反射的に彼の腰に腕をまわした。

その重みと、ほのかな熱と吐息が首筋に触れ、ふいに身体の奥でドクッと何かが疼いた。無意識に息を吸いこむ。

中高生みたいにドキドキしている自分が、ちょっとおかしくなった。

もちろん経験がないわけではないし――女はもちろんだが、うっかり男とも、だ――、今でも定期的に処理はしている。

それでも妙に、初めて好きな相手を腕に抱いた時の感触を思い出した。自分でも笑えるくらいの緊張と、熱に浮かされたような興奮と、ただ純粋な欲望と。

大事にしたいと思った。

守りたいと思い、守ってやれると思っていた。

ひどく人肌が恋しい思いで、胸の奥が切なくなる。

無意識に腕に力をこめ、さらに強く抱きしめてしまう。

もう二度と会えない――。

それはわかっていた。

だから結局、これも合理的、打算的、経済的な温《ぬく》もりでしかないのだ。

「どうかしましたか?」

ふいに口をつぐんだ榊に、男がちょっと怪訝《けげん》そうに尋ねる。

「いや」

短く答え、榊はとっさにごまかすようにして、白く細いうなじのあたりを撫でる。

「ほくろが色っぽいね」

カットソーからのぞくくっきりとした鎖骨の上に小さなほくろを見つけ、耳元で甘くささやく。そして襟足の髪を軽くつかんで顔を上向かせ、榊はキスを奪おうとした。

が、寸前で男の指先が榊の唇を止める。間近で艶然《えんぜん》と微笑んだ。

「まだですよ。まず…、服を脱いで。確かめさせてください」

そんな指示に、榊はちらっと彼を見つめてから、おもむろにシャツを脱ぐ。

誰かの目の前で裸になるのもずいぶんとひさしぶりで、少し照れる気がする。しかも、こんなふうに間近で品定めされるのでは。

「及第点がもらえそうかな？」

おどけるように尋ねた榊に、どうでしょう？　と、とぼけた答えが返る。

「動くな」

そしてスッ…、と胸に伸びてきた手を反射的につかもうとした榊を、静かな声が制止した。

ふっ、と無意識に、榊は息を詰める。淡々と、しかし身体の芯《しん》に響く声だ。

「私がいいと言うまで」

凜として、否応《いやおう》なく引きずられる強さ。

降参するように両手を上げてみせた榊の胸を、彼がぐっと片手で押す。

それほど強い力ではなかったが、榊はそのまま背中からベッドへ倒れた。

「命令慣れしてるな…。ひょっとして女王様なのか？」

ゆったりと膝の上に乗り、見下ろしてくる男を下から眺める形で榊は尋ねた。

「ＳＭクラブの？　まさか、違いますよ」

彼が吐息で笑う。

「似合いそうだがな…」

「命令されるのが好きですか？」

意味ありげに聞かれ、榊はちょっと視線を逸《そ》らせた。

「うーん…、多分、嫌いじゃないな…」

というか、慣れている。いや、ヘンな意味ではなく、だ。

ついでに言えば。

「命令に逆らうのも好きだな」

にやりと笑った榊に、彼がわずかに目をすがめる。

冷たい、切れ長の眼差しに、ちょっとドキリとした。いや、ゾクリとする、と言った方がいいのか。

「それは要注意人物ですね」

的確な指摘になぜかそわそわしてしまう。

主導権を握られそうで、無意識に体勢を立て直そうと榊はとっさに口走った。

「いつもこんなふうに男を誘ってるのか？」

さあ、ととぼけるように男が首をかしげる。

「いつもあんなふうに暴力沙汰《ぼうりょくざた》に巻きこまれているわけじゃありませんから」

肩をすくめた榊だったが、ふと思い出して、いかにもいやらしい口調でにやにやと続けた。

「昼間は堅い仕事って言ってたっけ？　お上品でお堅そうな雰囲気、あるもんな。いろいろ想像しそうだ」

「そういうのが好きな人もいるでしょう？　見かけは堅そうでベッドの上では淫乱、というのがいいんじゃないですか？」

「……まあ、それは否定しない」

頭の中でちらっと想像し、ちょっと咳払《せきばら》いしてから、榊は何気なく聞いた。

「何の仕事？」

「言えると思いますか？」

あっさりとかわされ、……それはそうだろう。

「こんなことをやるタイプには見えないけどな」

「では、どういうタイプに見えるんです？」

聞かれて、ちょっと言葉につまる。

正直、よくわからなかった。榊にはめずらしいことだ。

単に金が必要なだけなら、こんなグダグダとした会話など続けず、即物的にさっさとすませた方が効率的だ。男をくわえていないと身体がおさまらない、というニンフォマニアにしては理性的な気がする。

「初めてなんじゃないのか？　こんなこと」

なかばカマをかけるつもりで、榊は続けた。

「大ケガしないうちにこっちの仕事はやめた方がいいと思うけどね？　金で買われるってことは何をされても文句は言えないってことだ。男のモノ、くわえさせられたり、後ろに無理矢理つっこまれたり？　仲間を呼ばれてまわされたり……な。甘く見ない方がいい」

脅すように言いながら、榊は手を伸ばして男の足をたどっていく。カットソーの裾から差し入れて、するりと脇腹を撫で上げた。

ビクリ、と小さく肌が震え、わずかに息を詰めて、じっと男が榊を見下ろしてくる。そして小さく唇で笑った。

「違いますよ。等価の契約が成立しているにすぎません。暴力や特殊な性癖はあらかじめ合意の上でのオプションです」

榊は思わず喉の奥でうなった。

「……あんたの昼の仕事って、まさか弁護士か？」

「まさか」

わずかに目を伏せ、くすっと男が喉で笑う。

「ホントに慣れてるの？　じゃ、味見させてもらおうか」

いくぶんムキになって、榊は男の小さな顎をつかむと強引に引き寄せ、そのまま唇を奪った。

舌をねじこみ、とっさに突き放そうと動いた男の腕を素早く押さえこむと、息苦しくなるまでたっぷりと味わう。

「がっついてるんですね…」

ようやく唇を離すと、大きく息をついて男がにらんだ。

「男はみんなオオカミだって教わらなかった？」

「だったら私もですね」

とぼけたふりで言った榊に、男が澄ました調子で返す。

「俺、食われちゃうのかな？」

榊の言葉に、男が意味ありげにふっと唇で笑う。静かに身を屈《かが》めると、しなやかに榊の身体に上体を重ねてきた。

手のひらで脇腹が撫で上げられ、ドクッ…と皮膚の下で血が沸き立つ。

男の唇が肩に触れ、首筋を這《は》い、耳元に寄せられる。ドキドキした。

「私の口に合えば」

吐息でささやくみたいに言葉が落とされ、耳たぶが軽く噛《か》まれる。

思わず、榊は喉の奥でうめき声を押し殺した。

下半身の血が逆流する。一気に反応しそうになった。

どこか……不思議な感覚だった。慣れている感じではないのに、……しかし、強がっている、わけでもない。初心《うぶ》そうでいて、手慣れているようでもある。

「行儀の悪いオオカミですね。私がいいと言うまで動くなと言ったでしょう？」

ベッドに寝たままの榊の胸を軽く押すようにしてスッ…、と身体を起こすと、男が傲然《ごうぜん》と榊を見下ろして言った。

「ひさしぶりのご馳走《ちそう》だったんで、つい」

榊は無意識に両手を上げ、完全降伏の体《てい》で言い訳する。

「先にシャワーを浴びてきます」

と、するりと男がベッドから降りた。

「その間に味見の先をどうするのか、決めておいてください。特殊なプレイをしたいんでしたら、料金次第ですから先に提示してくださいね」

それだけ言うと、さっさとバスルームへ入っていった。すぐに水音が聞こえてくる。

榊はハァ…、と長い息をつき、がりがりと頭を掻いた。

一筋縄ではいかない感じだ。したたかで、腹も据わっている。

いやまあ、榊としても据え膳はしっかり食う方だったが。

……そういや、「一夜の恋愛」の料金を聞いてなかったか、と思い出した。

どのくらいのサービス料金なのか、ちょっと気になる。

ひさしぶりだし、食っていいかなー、と内心で傾きながら、上体を起こすとサイドテーブルに置きっぱなしだったビールのグラスに手を伸ばした。

君子なら危うきに近寄らず、だし、紳士なら心付けだけ置いて立ち去るべきか。

しかし榊に、迷っているヒマはなかった。

ふいに急激な眠気が襲ってくる。

——なんだ…？
考える余裕もなく、身体が傾《かし》いでベッドへ崩れる。
そして、あっという間に意識を失っていた——。

2

「――榊《さかき》さんっ！　ほらっ、起きてくださいっ、いつまで寝てるんですかっ？」

甲高い女の声が頭上で炸裂《さくれつ》したかと思ったら、くるまっていた毛布が思いきり引っ張られる。

「んー…、もうちょっと…。ゆうべ遅かったんだって…」

耳慣れた声に、なかば寝ぼけたまま言い訳した榊だったが、次の瞬間、キャ――ッ！　とサイレンみたいな悲鳴が二日酔いの頭に突き刺さった。

さすがに一瞬で目が覚めて、ギシギシとうるさい古いベッドの上に身体を起こした榊の前で、夏加《なつか》が両手で顔を覆ってこちらに背中を向けている。見えている頬から耳、首のあたりまで真っ赤だった。そのまま片手をバタバタと振りまわす。

「は…、早く何か着てくださいよっ」

その言葉にふと我が身を見下ろすと、榊は全裸だった。朝からムスコは元気いっぱいだ。そして、酒臭いゆうべの服はそのへんの床に脱ぎ散らかされている。

あー…、状況を理解し、と同時に眠気がぶり返して、榊は片手で布団を引き寄せながら、大きなあくびとともに頭を掻《か》いてうなった。

「毛布剝《は》がしたのはおまえだろうがよ…」

「お客さんですよっ」

榊の反論にかまわず、夏加が嚙《か》みついた。

「客…？　そりゃ、めずらしい…」

「せめて顔洗って！　すぐ来てくださいねっ」

思わずつぶやいた榊に、背中を向けたままぴしゃりとそれだけ言うと、夏加は逃げるように飛び出していく。

バン！　とたたきつけられたドアの音にわずかに肩をすくめ、榊は短くため息をついた。

さすがにちょっと刺激が強かったかなー、とは思う。もっとも昨今の女子大生なら、もっとスレていてもよさそうなものだが。まあ二十歳《はたち》の女の子からすれば、三十も過ぎたおっさんのブツなど見たくもないだろう。

「榊さんっ…、あ、所長っ！　急《せ》いでくださいよっ」

ドアの向こうから怒った声に急かされて、榊はだるい身体を伸ばし、のろのろとシャツとズボンを引き寄せた。

と、ポケットからはみ出していたタクシーのレシートにちょっと眉を寄せる。

「あ」

同時に一気にゆうべの記憶がよみがえり、思わずうなった。

あのあと、榊はホテルの清掃バイト――らしい、若いのにたたき起こされた。精算はすんでいたが、時間が過ぎても熟睡している客を不審に、というより、邪魔に思ったのだろう。

当然ながら、連れの男の姿はなかった。

状況もわからないままに部屋を出た榊だったが、ハッと気づいて確かめた財布の中からは札が消えていた。なけなしの三万。

何を想像しているのか——しかし、きっと大きくは間違っていない——あきれたような哀れむような眼差《まなざ》しで若いバイトに見送られ、腹立ち紛れに馴染《なじ》みの店で朝まで飲んだくれて、タクシーに押し込まれた。飲み代とタクシー代はツケで、だ。もちろん。

そしてベッドに倒れこんで、今に至ったわけだ。

——不覚だった……。

がしがしと頭を掻きながら、しみじみ思う。情けない、というか、マヌケというか。

完全にやられた気がした。まさか、昏酔《こんすい》強盗だとは思ってもみなかった。ビールに睡眠薬でも入っていたのだろう。酔っていたことが言い訳になるのかどうか。

「……たるんでるよな……」

思わず声がもれる。

何というか、危機感が薄れている。平和ボケとでもいうのか。

苦い思いを噛みしめつつドアを開けて事務所に入ると、色あせた応接セットのソファに極彩色の何かが鎮座《ちんざ》していた。思わず瞬《まばた》きしてよく見ると、どこかのマダムだ。

——客、だろう。

凝ったデザインのメガネをかけた、五十代なかばの、なかなかにふくよかな女性だ。

「お待たせして申し訳ありません」

榊は反射的に営業用の笑顔を見せたが、朝の十時も過ぎて、いかにもむさ苦しい無精ヒゲとよれよれのシャツで対応した男に、客は一瞬、腰が引けたようだ。

「あ、すみませんー。所長、ゆうべは徹夜で捜索にあたっていたものですから。でもちょうど、そちらの仕事が片付いたところなんですよ。ラッキーでしたっ」

夏加があわててテンションも高くフォローする。いろいろとよく気のつく子だが、これだけ機転が利《き》けば社会へ出ても有能そうだ。

そして、どうぞー、とにっこり愛想よく、客の前に湯飲みを差し出した。……いつの間に、そんなお茶セットがこの事務所に存在したのか不思議ではある。

しかしまぶしい笑顔に、どうも、と依頼人は口の中でもごもごつぶやいた。

ピチピチと弾《はじ》ける現役女子大生の魅力は、中年男には通じても中年女性にはさして効果がなさそうだ。

それでも胡散臭《うさんくさ》さは緩和できたのか、依頼人がこの事務所のドアをくぐる勇気くらいは与えられたらしい。そうでなければ窓の「サカキ探偵事務所」の文字も消えかけた、いかにも怪しげな雑居ビルのオフィスに足を踏み入れるとは思えない。

そもそも事務所の鍵も開いていなかったはずだが、合い鍵を持っている夏加がちょうど来合わせて客を招き入れたのか、強引に連れこんだのか。

大家——厳密には大家の娘だが——としては、やはり店子《たなこ》の売り上げは気にかかるのだろうか。ある意味、榊よりも商売熱心で、大学の講義の合間にこうしてよく事務所に立ち寄って掃除をしたり、事務員代わりに依頼人に対応してくれたりしている。

……おそらくそれだけではない夏加の気持ちをここ数年感じないわけではなかったが、榊としてはどう発展させようもなかった。

夏加とは付き合いが長く、いろいろと複雑な関係ではあるが、感情的には妹以上のものはない。そうでなくとも、ひとまわり以上も年が違う。

「所長、名刺をお渡しいたしますね」

「ん？　……ああ、悪いね」

なんだ？　と思うまもなく夏加がスッ…、と名刺を差し出し、さも当然のようにうなずいてみせたが、そんな名刺もいつの間に作っていたのか。

「サカキ探偵事務所」の大きな文字に並んで、所長の肩書きと、榊充嗣《さかきみつぐ》のフルネーム。それに住所と携帯の番号が入っている。

どうも、と依頼人はおずおずとそれを受け取りつつ、不安げに榊と夏加とを見比べていたが、よほど切羽詰《せっぱつ》まっていたのだろう。

「ユウちゃんを捜していただきたいんですのっ」

ことさらゆったりと向かいのソファに腰を下ろしながら、ご用件は？　とうながした榊に、意を決してずいっと、携帯画面の写真を差し出してきた。

「……なるほど。可愛いですね」

うっかり出そうになるあくびを噛み殺して、榊はしごくまじめな顔でうなずいた。

幸いにも不発弾となったあくびを鋭く察したらしく、ちゃっかりと榊の横にすわりこんだ夏加がじろっと横目でにらんでくる。

「うわあ、すっごいカワイイっ」

そして画面をのぞきこんで高い声を上げた。

本心なのか、客へのお愛想なのか。

思わず榊は夏加の顔をのぞきこんでしまう。若い女の子の「カワイイ」は、榊あたりにはいささか理解しがたいところがある。

「ええ、ですから！　誘拐されたんじゃないかと思うんですっ。どこかの変質者に！　昨日から姿が見えなくてっ」

夏加の言葉に、依頼人がテーブル越しに身を乗り出すようにして迫ってくる。

「変質者…、ですか？　——たっ…！」

いやあ？　と思わず疑《うたぐ》り深《ぶか》く内心でつぶやいた榊の足が、横から思いきり踏みつけられた。

「最近、多いでしょうっ？　そういう事件が」

「ああ…、ええ、まあ、確かに」

夏加の鋭い眼差しを感じつつ、榊は神妙にうなずいてみせる。

「捜していただけますかっ？」

「ええ、もちろんですわ。大切なご家族ですからね」

依頼人の切迫した声に、夏加が勝手に請け合った。

おいおい…、と内心でうなりながら、榊はもう一度、携帯の写真を眺める。

ユウタくん。三歳。推定体重十二キロの――メインクーン。目つきの悪い、相当にでぶった雄ネコだ。

ペットは飼い主に似ると言うが、本当によく似ている。……体型とか、顔とか。

きっと自分よりこいつの食生活の方が豪華なんだろうなぁ、と、榊は確信する。

このネコがイタズラ目的？　あるいは連れ去られたのだとしたら、本当に犯人は変質者だろう。もしくは、よほど趣味が偏っている人間だ。

とはいえ――。

榊は上目遣いにひさしぶりの客を観察した。

ブランド物のスーツで、持っているバッグも靴も一目でわかる高級品だ。腕時計などは、それ一つで榊だったら一年は暮らせそうなキラッキラな光を放っている。かなりの金持ちではあるらしい。

大事にされている家ネコのようだし、溺愛していることが知られていれば、金目当ても十分にあり得る。

つまり、調査料も弾んでもらえるということだ。

「どう思いますか、榊…所長」

助手モードで尋ねてきた夏加に、榊はちょっと眉を寄せて考えこんだ。

実際、この体重で、過保護な家ネコが自分からふらふらと出歩くとは思えない。だとすると、本当に誘拐か――。

「いなくなったのは昨日ということですが…、もしかして身代金《みのしろきん》の要求とか、不審な電話はなかったですか？」

「いいえっ」

榊の問いに、依頼人が思いきり首を振る。

「では昨日、お宅に出入りした人間はいますか？」

「いいえ、特別には誰もっ。ああ、そういえば庭師が植木の剪定《せんてい》に。あ、それとガスの点検がまいりましたわ。そういえばデパートの外商がカタログを持ってきましたし、……そうそう、主人の秘書が主人の忘れた書類を取りに来ておりましたかしら。そうね…、あとは業者に荷物を取りに来ていただいたくらいじゃないかと。ああ、ご近所の奥様が回覧板を持ってこられましたけど、それは関係ございませんわね」

……結構来ている。

そんな会話の間にも、夏加が助手よろしくきちんとメモをとっていた。

「もしかして、その中の誰かがユウちゃんを連れていったんでしょうかっ？　あっ、そういえば、見かけない男が昼頃、外をうろうろしてましたしっ。もしかして、庭に入りこんでいたのかも。ああっ、郵便局員という男もお年賀を持ってまいりましたわっ」

ハッと思い出して勢いこんだ客に、調べてみましょう、と榊は重々しくうなずきつつ、続けて尋ねた。

「ええと…、そうですね、その、取りに来てもらった荷物というのは？」

「宅配ですわ。嫁に行った娘に頼まれまして、ヨーロッパに旅行に行くとかでスーツケースを送ってほしいと言われましてね。他にも細々としたものを」

「ふむ…、庭師はお一人でしたか？」

「いえ、お年寄りとお若い方と二人で」

「はぁ…、なるほど。ではミニバンか軽トラで来られたんでしょうね…。道具もあるでしょうし」

口の中でつぶやきながらも、うーん、と榊は内心でうなる。

「もう半日以上ですのよっ？　お夕飯もちゃんと食べさせてもらっているのか…。早く…、早く見つけてあげないとっ。きっとお腹をすかせて鳴いているに違いないわっ」

「ええ、そうですね」

ハンカチを握りしめ、古いソファの上で身をもむ客に口で同情しつつ、内心、いいダイエットなんじゃ？　という気もする。

そのユウタくんには多少気の毒な気もするが、榊にとっては、ひょっとしたらちょろい仕事かもしれない。うまくやれば、一週間分の飲み代くらいにはなるだろうか。

……いや、その前に家賃か……。

ちらっと横を見て、頭の中で計算した――その時。

ふいに榊の携帯が短い音を立て、ショートメールの着信を告げてきた。

「ちょっと、失礼」

ポケットから出した携帯にちらっと目を落とし、榊はわずかに目をすがめる。

差出人は不明。覚えのない番号だ。

『ブルーバードを歌いにいかないか？』

内容は、カラオケのお誘いのようなその一文だけ。

一見、間違いメールにも思えるそれに、榊は内心でため息をついた。

画面の隅に小さく表示されていた現在時刻に素早く目を走らせると、携帯をポケットにもどす。

「榊さん…？」

何か感じたのか、夏加がいくぶん息を詰めて声をかけてくる。

やはり兄のことがあるせいか、意外とこんなところで夏加は鋭い。

「あの、ユウちゃん、捜していただけるんですよねっ？」

しかしそれには気づかないふりで、不安げに見つめてきた客に榊は大きくうなずいた。

「ええ、もちろんお力になりますよ。……ええと、まずは娘さんに昨日発送した荷物を早く引き取るように連絡してみてください。それと、庭師の方に自宅の近所を捜してもらうようにお願いしてみたらいいと思いますよ。その他の疑わしい人間については、こちらであたってみましょう」

この時点で金の要求がないということは——、だ。

朗らかに言って、榊は客を送り出した。

「……ええと、どこから調査を始めます？」

システム手帳を片手に立ち上がった夏加に、榊はソファの上で大きく伸びをしながら無造作に言った。

「こっちはいいから、夏加ちゃんは大学、行きなさい。もう時間だろ？」

「えっ…、でも」

とまどった顔を見せた夏加に、榊は畳みかけるように続ける。

「仕事はきっちりやるよ。君が留年でもしたら、君のご家族に申し訳が立たないから」

そう言われると反論できないのだろう。

榊としては夏加の家族にずいぶんと世話になってる身で――この事務所を含めて、だ――それだけに榊が家族に対してある種の負い目を持っていることも、夏加はわかっている。

いろいろといいかげんでおおざっぱな榊だが、そこは譲らないのだ。

夏加はちょっと悔しそうに唇を噛んだが、わかりましたっ、と膨れっ面で声を上げ、メモした紙をびりっと破ると、バン！　とテーブルにたたきつけた。

今ちょうど二十歳の立花《たちばな》夏加は、榊にとって大家の娘――というだけの関係に、今はなる。

本当ならば、実際に「妹」になっていたのかもしれなかったが。

このビルは夏加の父親の持ち物で、榊はかなり安く貸してもらっていた。古くからの知り合い価格、というところだろうか。そうでなければ、こんな胡散臭い男に貸すのはためらうだろう。

もともと夏加の兄の立花柊真《とうま》という男が、榊とは同じ小学校から中学、高校へ進んだ友人だった。

いや、森川玲《もりかわれい》を入れた三人が、だ。

三人は近所の幼馴染みで、同い年だったこともあり、いつも一緒に遊んだ親友だった。

名前からも、長身でスレンダーな体つきからも、玲はよく男に間違われていたがれっきとした女性で、しかし男っぽくサバサバとした性格もあって、榊や柊真とも子供の頃から対等につきあってきた。

子供の頃はむしろ玲の方がスポーツなどはよくできたし、中学、高校の六年間を通じて、バレンタインにもらうチョコの数は榊も柊真も玲に勝ったことはなかった。颯爽《さっそう》として同性から見てもカッコよく憧《あこが》れの対象になっていた玲は、男子にもモテたが女子からの人気がすごかったのだ。悔しくはあったが、柊真と二人、しょうがねぇよなぁ…、と苦笑いしていたものだ。

その友人だと思っていた玲への思いが変わったのが、いつだったのか。

高二の時、榊は交通事故で両親を亡くした。突然のことに何が何だかわからなかったが、それでも妹の汐里《しおり》のことを考えると、自分が支えなければ、という思いは強かった。

ただ必死に、葬儀や保障などの現実に立ち向かっていた榊を泣かせてくれたのは玲だった。葬儀のあと、ただぎゅっと抱きしめてくれた。

思いを自覚したのは、おそらく高校を卒業してひさしぶりに再会した時だったのかもしれない。

妹を進学させたかったし、そのために生活を安定させたくて、榊は高校を卒業すると同時に自衛隊に入隊しており、その最初のまとまった休みだった。

数カ月ぶりに三人で会って、……考えてみれば、それほど長い間、二人の顔を見なかったのは初めてだった。

将来を決めて、医大生になっていた玲がひどくまぶしかった。高校を卒業し、何かいきなり大人っぽくなったように見えた。

柊真も玲も、榊に対しての態度はまったく変わっていなかったが、榊の方で少し距離を感じていたのかもしれない。一人だけ就職した自分は、何となく二人と世界が違ってしまった気がして。

それでも三人の時間は楽しかった。

「玲が医者かぁ…」

「確かに刃物は似合いそうだけどな」

笑い合う男二人に、玲はふん、と鼻を鳴らした。

「言ってなさいよ。あなたたちだって、そのうち医者に頼るんだから」

実際にそうなのだろう。特に榊にとってはシャレではない。

「まぁ、マジな話、俺が訓練でうっかり大ケガしたら、玲に診《み》てもらうことになるのかもなー」

「逆に殺されないように気をつけろ」

柊真が横から口を挟み、思わずバカ笑いした二人の耳を思いきり引っ張ってから玲が言った。

「笑い事じゃないの！　そうでなくても、ミチは自分の力を過信しすぎだから。かっこつけて、先頭切って危ないとこ、飛びこまないでよね」

小さい頃は充嗣、という名前が言いにくかったようで、玲と柊真の二人だけは、昔から榊のことを「ミチ」と呼んでいる。

ぴしゃりと言われ、はいはい、と榊は苦笑して返したが、それでも心配してもらえるのはうれしかった。

そして自分の思いを自覚すると、柊真のことが気になってきた。柊真は…、どう思うだろう？　玲のことをどう思っているのだろう？　と、今まで考えなかったことを考えてしまう。

二人だけで会いたい、という気持ちもあった。が、うかつに自分の気持ちを口にして、今の三人の関係を壊したくはなかった。

だが同時に、もしかすると自分が訓練に明け暮れている間、二人で会ったりもしているんだろうか、という疑い――いや、決して悪いことではないはずだが、そんな心配も湧いてくる。三人で遊んでいる時も、つい柊真と玲の様子をうかがってしまう。そうでなくとも、大学で玲のまわりには優秀な、育ちもいい男がいっぱいいるはずだった。いろいろと想像して、とたんに落ち着かなくなる。

長い付き合いだ。そんな榊の迷いが伝わらないはずもなかった。

「おまえ、玲のことが好きだろう？」

ある時、待ち合わせ場所で玲が合流する前、いきなり柊真に指摘されて榊は言いつくろう余裕もなかった。

えっ？　とあせって思わず視線を泳がせた榊に、柊真は喉で笑った。

「バカだな、俺に遠慮してんのか？　まさか、俺が玲に気があると思ってんの？」

「あ、いや…、別に……そんな」

きっと柊真から見れば、その時の榊は笑えるくらい動揺していたはずだ。

しどろもどろにまともに答えることもできないでいるうちに、お待たせ！　と弾んだ玲の声が遠くから聞こえてきて、榊はさらにあせった。

「悪い、玲。俺、急用ができたから、今日はこれで帰るよ」

近づいてきた玲に片手を上げ、いきなり言った柊真に、榊もだが、玲の方もえっ？　と声を上げていた。

「何それ？」

「何って、俺の気遣い？」

それににやりと笑って返した柊真に、玲の方もハッとしたように目を見開き、そしてあわてて視線を逸《そ》らして、うっかり榊と目が合ってしまう。無意識におたがいに見つめ合って、次の瞬間、同時に顔を背けた。知らず、顔が火照《ほて》っていた。いい年をして、思春期の中学生みたいに。

そんな二人に、柊真があきれたように肩をすくめた。

「俺もそこまで鈍くはないし、邪魔者になる気もないしね。おまえたちのデートに俺を呼ぶのは、まあ、三回に一回でいいから」

柊真の言葉に、榊もようやく玲が自分と同じ気持ちだったのに気づいた。

柊真の方は親友たち二人の気持ちをずいぶん前から察していて、じれったく思っていたらしい。

そんな後押しでようやく恋人同士になれたものの、榊は訓練や遠征に明け暮れ、玲の方もさすがに医大の勉強は大変らしくめったに会うことはできなかったが、それでもおたがいに相手の立場を尊重し、気持ちは続いていた。

しかし二人で出かけると、なぜか騒ぎに出くわすことが多かった。目の前を走り抜けたひったくり犯を榊が捕まえたこともあったし、玲の前で心臓発作を起こした老人もいた。

一度はデートの最中に街中で事故現場に出くわし、その応急処置に飛びこんだこともあった。あれは事故というより、事件だった。明らかに常軌を逸した車が暴走してきたのだ。

反射的に身体の動いた榊は、頭から飛びこんで、車の向かう先で立ちすくんでいた人間を何とか助けていた。腕の中に相手を抱え、勢いのまま背中から壁に激突する。

「――ミチ！　ミチっ、大丈夫っ？」

真っ青な顔で榊に走り寄ってきた玲だったが、擦り傷程度で無事だとわかると、テキパキと榊が助けた相手の様子を確認し、背後を振り返って駆け出した。

その時ようやく、榊もあたりがパニック状態なのに気づいた。

暴走車は歩行者だけでなく逃走しながら何台もの車に接触し、衝突の勢いでハンドルを取られた別の車がさらに歩道に乗り上げて店の中につっこんだり、歩いている人に当たったりといった大惨事だった。

血を流して地面に倒れている人間が何人も見えて榊は思わず息を呑《の》んだが、玲はすでに地面に膝をついてケガ人に応急処置を始めていた。

初めて玲の「仕事」の顔を目の当たりにして、――そんな状況ではなかったはずだが、榊はその厳しく美しい横顔が誇らしく、しばらく見惚《みほ》れていた。

やっぱりこいつだ、と思った。生涯をともにするのは玲だけだ、と。

もっとも、榊が正式にプロポーズしたのはそれから十年近くもたってからだった。榊の妹の汐里と柊真との結婚が決まった時だ。それに乗じて、とも言える。

ある日柊真が、あらたまって話がある、とひさしぶりに玲とのデートに交ざることになった。

一生の頼みだ、と言われて、何事かと思ったら。

「汐里ちゃんを嫁にくれ」

と、いきなり真顔で言われて、それこそ榊は鳩《はと》が豆鉄砲を食ったような顔だったはずだ。

家が近所で昔からの顔馴染みでもあり、榊の妹の汐里は柊真の年の離れた妹である夏加の家庭教師をしていた。夏加がまだ中学生の頃だ。

立花の家に出入りすることが多くなり、自然とその兄の柊真とも顔を合わせる機会が増えて、いつの間にか――実際、榊のまったく知らないところで――つきあっていたらしい。

玲の方はおもしろそうにそんな榊を眺めていたから、かなり前から二人の関係は知っていたようだ。

何で俺に黙ってんだよっ、とあとでずいぶんとグレてしまった。

大学を卒業後は英会話学校への就職を決めており、汐里は卒業と同時に結婚する予定だった。早いな、とは思ったが、汐里にしてみれば早くに両親を亡くしたせいか、温かい家庭への憧れが強かったのだろう。

榊は早々と自衛隊の寮に入ることになり、五つ離れていた汐里は中学の時は寮に入り、高校からは実家で一人暮らしだった。立花の両親が保護者代わりになってくれていて、あるいはその頃から、あちらの家では娘のように思ってくれていたのかもしれない。

結婚話が出た当時、榊は入隊してそろそろ十年で、着実にキャリアを重ねて二等陸曹の階級にあり、あちらの両親にとってもそれなりに信用がおけたのだろう。榊にしてみても、大学卒業後は堅実に公務員になった柊真のことは、人間的にも社会的にも、妹のダンナとして申し分ない。

まあ、親友が妹と、と思うと妙に照れくさい気もしたが、やはりうれしかった。

玲と汐里も昔から仲がよく、榊がいない間もよく女同士で一緒に買い物をしたり、おたがいの家でお泊まりしたりしていたようだ。むしろ日本にいないことも多かった榊の代わりに、玲が式の準備を手伝ってくれていたらしい。

『次は兄さんたちね』

そんなコメントと一緒に、式の準備をうれしそうに進めている写真がよく送られてきていた。

『私たちの時は、こんなハズいことはやらないから！』

と、続けざまに玲のメールが入ってきて。

それでも楽しそうに妹につきあっている玲は、やはり自分たちのその日を想定していたのだろう。

誰が兄で姉で妹なのか、笑い話みたいな複雑な関係だったが、親友三人で本当の家族になれる――はずだった。

マリッジブルーなどとは無縁な、本当に幸せな日常が一瞬にして吹き飛んだのは、汐里が結婚式をひと月後に控えたある日、突然だった。

運命のその日、玲と汐里は一緒に買い物に出ていた。披露宴の小物や、新婚旅行用の必需品や何かを。

『このウェルカムボードがちょー可愛い！』

めずらしくはしゃいだメールが、玲から届いた。それが、榊の受け取った玲からの最後の言葉になった。

それを見たのは、知らせを受けたあとだった。

文字通り、一瞬ですべてが吹き飛んだあと——。

無差別爆弾テロだった。

確かに仕事柄、榊にとってはある程度、身近な脅威と言えた。

だが玲にとって、妹にとって——ましてや婚約者やその家族にとっては、夢にも思っていなかったはずだ。まさかそんなものに自分たちが巻きこまれるなどとは。

まさか——、としか思えなかった。

なぜ自分ではなく、玲が、汐里が、犠牲になったのか。

それから五年。

榊は退官し、とりあえず食《く》い扶持《ぶち》を稼ぐために今の仕事を始めた。

結局「家族」になることはなかったが、立花の父は榊を心配し、この事務所を貸してくれた。

恋人と妹を一度に亡くした時にはかなり自暴自棄になっていたせいか、当時高校生だった夏加が心配して、時々様子を見に来てくれていた。初めの頃は母親が作ったお総菜を持って、最近では夏加自身が手料理を作って、ということも増えた。

夏加の気持ちはうれしかったが、やはり生まれた時から知っている彼女は、きれいに成長した今でも妹にしか見られない。

妹を亡くした今ではなおさらに、だ。

汐里の分まで幸せになってほしかったし、そのためにはいつまでも自分に関わっていてはいけないと思う。

――そろそろ限界かな……。

と、榊自身、感じていた。

「そういえば…、柊真は元気か？」

なかば怒った様子で、テキパキと奥のデスクに置いていたカバンにシステム手帳を放りこみ、中を掻きまわすようにして何かを確かめていた夏加に、榊は何気なく尋ねた。

「どうかな。実家にはぜんぜん帰ってこないし。ここふた月くらい、連絡とってないから」

「そうか…」

「お母さんたちも心配はしてるんだけど。……ほんっとにどいつもこいつも、いい年してふらふらしてるんだからっ」

ヤケみたいに吐き出した夏加に、榊はちょっとため息をついた。

夏加の言う「どいつ」は兄で、「こいつ」は榊なわけだ。

役所というとのんびりとしたイメージがあるかもしれないが、今の柊真の仕事が激務なことは榊も知っていた。わざわざいそがしい部署へ転属を希望したと聞いた。婚約者を亡くしたあと、柊真は新しい恋人を作ることもなく、やり場のない怒りと淋《さび》しさを紛らわせるためか仕事に打ちこんでいるようだった。

あれ以来、榊と柊真との関係も変わった。

榊自身は柊真とはもう二年近くも会っていない。おたがいに失ったものが大きすぎ、会うのがつらかった。会えば、玲や妹の話にならざるを得ない。

自衛隊にいた当時の榊は転勤も多かったし、研修や出向も多かった。

恋人にも、たった一人の身内である妹にも年に何度も会うことがなく、電話で声を聞くこともまれで。

海外派遣の任務も多く、経験を積むほどさらに増えて、責任も重くなる。それだけに口には出さなかったが、二人とも榊のことを心配していたのだと、今さらに思う。

玲は電話ではいつも明るくて、元気で、榊を励ましてくれて。……それでも。

結婚したら、少しは落ち着けるだろう、と思っていた。もっと二人の時間がとれるはずだ、と。

その、いつか——は、永遠に来なかったが。

「じゃ、榊さん、仕事はちゃんとすること！　ご飯もちゃんと食べてよ？　お酒だけじゃなくて。最近ホントに飲みすぎなんだから」

戸口から夏加に母親みたいにくどくどと注意され、ハイハイ、と榊は苦笑いする。

「それから……、しばらく仕事で留守にするんなら、私に連絡していって。たまに事務所の空気を入れ換えに来るし。前みたいにカップラーメン食べかけで一カ月もほったらかしにされると臭いがつくんだから」

やはり夏加なりに何かを感じているのかもしれない。きつい言葉とは裏腹に、かすかな不安がにじんでいる。

夏加にしても、親しい「姉」になるはずだった人を二人、いっぺんに亡くしたのだ。

ある日いきなり榊がいなくなる不安に、いつも怯《おび》えているようだった。

「了解です」

それに気づきつつも、おどけたふりで片手を上げながら、榊は何気なくタバコに手を伸ばした。

「それからタバコもっ。そろそろ禁煙しないと」

ぴしゃりと言われ、気をつけるよ、と榊はやわらかく返す。

「いってらっしゃい」

「もうっ」

軽く手を振った榊に、夏加はちょっと泣きそうな顔をしていた——。

3

そこかしこで交わされていた新年の挨拶《あいさつ》も落ち着いて、オフィス街はせかせかとしたビジネスシーンにもどっていた。

都内では雪の予報も出ており、首元をすり抜ける風がかなり冷たい。

午後一時まであと数分。

ひさしぶりに都心に出た榊《さかき》は、多くのビジネスマンに紛れて巨大な複合ビルへと足を踏み入れていた。

レジデンスやホテル、ショッピングモールなどの商業施設が隣接し、世界の有名企業が本社を構えるオフィスビルだけに、行き交うスーツ姿の男たちは誰もがエリートビジネスマンといった、颯爽《さっそう》とした風情《ふぜい》である。

一応ジャケットは羽織り、無精ヒゲも剃《そ》ってはいたが、その中で榊はかなり場違いに見えるだろう。着ているコートなどは、ここのレベルの人間からしてみると、ホームレスに等しい薄っぺらさと汚れ具合だ。

さすがにまずかったな…、とは思うが、出直す時間はない。

ちらっと時計に目をやってから、榊はエレベーターホールを確認した。十基以上も並ぶエレベーターは、目的の階によって乗るハコが違う。

二十六階から三十階のオフィスフロアへ直通のエレベーターに乗りこむと、榊は三十階を指定した。他にこのエレベーターに乗っている人間はいない。

ビルの案内では、二十九階と三十階の2《ツー》フロアは「インターナショナル・セキュリティガード・アカデミー・アンド・インスティテュート・イン・ジャパン」という長ったらしい表示がある。二十六、二十七、そして二十八階には表向き、それぞれ別の会社らしき表示があったが、中身は同じだった。

国際安全守護者会議——Meeting of licensers for international security safeguard

通称Ｍｅｌｉｓｓａ——「メリッサ」と呼ばれている機関の日本支部だ。

つまりこのエレベーターに乗るのは、そのメリッサに用のある人間しかいない。

軽い到着音とともにエレベーターの扉が開き、降りた先のホールは無人だった。ビルのロビーフロアの人混みからは信じられないほどで、その静けさが逆に耳に痛い。

だが、誰も榊の姿を見ていないわけではなかった。今も数人の視線にさらされている気配は、チリチリと首筋に感じている。このホールだけでも三、四台のカメラが設置されているはずだ。

それでも素知らぬふりで榊は一方の廊下へ続く扉の前で網膜認証のセキュリティ・ロックを解除し、ドアをくぐった。

何の変哲もない無機質な廊下がしばらく続くが、その間に空港のX線検査以上に全身が丸裸にされて、武器や怪しい通信機器の有無はもちろん、すべての持ち物、それこそ骨や胃の中身までチェックされているのだろう。もしかすると、脳波チェックで精神状態まで調べられている可能性もある。

ここへ来るたび、ついでに内臓の疾患も調べてもらいたいもんだと榊は思っている。異常があったとして、告知してくれるかどうかはあやしいが。

特に止められることもなく――実際にカミソリ一本持っていなかったが――榊は奥のドアまでたどり着いた。

中にいる人間のことを思うと、さすがに少しばかり背筋が伸びる。

緊張しつつ、軽くノックすると「入りなさい」とくぐもった声が聞こえて、「失礼します」と榊はドアを開いた。

小さな会議室くらいのシンプルな小部屋だ。事務的なテーブルとイスが四つほど並んでいる。

その窓際に男が一人、立っていた。

「来たか」

振り返った男が榊を眺め、小さくうなずいた。

グレイがかった髪をきっちりと撫《な》でつけた、恰幅《かっぷく》のいい五十代なかばの男だ。見慣れた制服ではなくスーツ姿だったが、やはり押し出しはよく、威圧感がある。

ふだんからのピシリとした姿勢のよさもあるのだろう。多くの部下を使う命令に慣れた物腰だが、政治家というよりは高級官僚の雰囲気に近い。

「ひさしぶりだな、軍曹」

後ろに手を組んだまま、穏やかな低い声をかけられ、榊はハッ、と反射的に姿勢を正し、身についた敬礼を返した。

「日本にお帰りだったんですね、宝生《ほうしょう》中将」

「行ったり来たりだがね」

それにさらりと男が答えた。

年齢でいえば二十歳くらいは年上で、階級でいっても七つか八つほども上官になる。榊が二等陸曹と呼ばれていた頃には、まさに雲の上の存在だった。

いや、今でも、だ。

宝生彰《あきら》――陸軍中将。

メリッサで言えば、その階級になる。

日本での正式な階級は、自衛隊陸将。

メリッサというのは、国際的な警察組織であるＩＣＰＯ《インターポール》の軍事版、とでも言えばわかりやすいだろうか。

もちろん各国の軍事機密や軍事情報を交換しているわけではなく、主に国境を越えたテロやゲリラ犯罪の捜査、テログループ、およびテロリストの監視、追跡、撲滅を目的に組織された国際機関である。現在ではテロ関係だけでなく、「警察」の手に負えなくなった国際的規模の組織犯罪などにも対応している。

世界の百カ国以上が加盟しており、主に軍――日本では防衛省が窓口となって、テロ関係の情報を共有し、世界的な脅威に備えていた。

そして情報の共有だけでなく、積極的な情報の収集、テロ組織や犯罪グループへの潜入、攻撃、殲《せん》滅《めつ》作戦なども独自に――そして秘密裏に――行っている。

ただ組織の性質上、それこそテロの攻撃対象となりやすく、どの国でもその存在は公にされていなかった。

もともとが数カ国の軍上層部の将校が非公式に集まって、世界的なテロの脅威について話し合っていた「会議」から始まった組織であり、メリッサ自体、軍の形態を取っている。

実際に実働部隊は軍の小隊と同じチーム単位で動くことが多く、紛争地へ赴くこともある。きっちりとした命令系統と規律が求められるのだ。

メリッサの最高意思決定機関は「二〇〇人委員会」と呼ばれる議会であり、そのメンバーは各国から出向している主に軍の将校たち、あるいは国防関係の高級官僚である。

これはそれぞれの国のイデオロギーや宗教に関係なく、無差別なテロと国際犯罪を撲滅しよう、という理念のもとに組織されていた。

つまり、作戦《ミッション》を行う「国」の内情には立ち入らず、ただその犯罪組織を潰す。あるいは、目的のテログループ、もしくは特定のテロリストを「排除」する。

そのためほとんどの場合、メリッサの実行した作戦が表沙汰《おもてざた》になることはなかった。すべて、何らかの事故や一般的な事件として、それぞれの国内で処理されている。

榊がメリッサに所属したのは、五年前。

二人の大切な人を失った時だ。

それまで榊は国防に命を捧《ささ》げてきたというわけではなかったが、自分なりの働きはしてきたつもりだった。人命救助や災害救助の場では、やはり自分の仕事に誇りもあり、責任も感じていた。

国――と言われると漠然としてしまうが、人を守れることは素直にうれしかったし、榊にとっては仕事でもある行為に礼を言われることが少しばかり気恥ずかしく、それだけにやりがいは大きかった。これが天職だったんだな、と思えるくらいに。

成績も悪くなかった。体力や武術、武器の扱い。身体能力や戦闘能力は高く、優秀だったと言える。海外での研修や、海外派遣の任務も多かった。

それで調子に乗っていたのかもしれない。足下を見ていなかった。

人を守ることに慣れて、あたりまえに守れると思っていたのだ。それがどれだけの驕《おご》りだったか、気づくこともなく。

テロの脅威が増していたとはいえ、日本で、まさか自分の恋人や妹が無差別テロに巻きこまれるとは思ってもいなかった。

国を守り、国民を守っていたつもりで――自分の恋人さえ、残されたたった一人の身内でさえ、守ることができなかったのだ。

当時アメリカにいた榊だったが、急遽《きゅうきょ》帰国し、上からの命令を無視して単独で犯人を追った。そしてアジトになっていた町工場を突き止め、躊躇《ちゅうちょ》なくそこを爆破した。

三人いた実行犯も一緒に、だ。

わかっていた。勝手な復讐《ふくしゅう》でしかなかった。

自分の無力さを、ただ怒りにすり替えるような。

結局、重傷は負ったものの彼らが命を落とすことはなかったが、その時の榊に彼らを殺す気がなかったとはとても言えない。明確な殺意はあった。立派な犯罪者なのだ。逮捕され、処罰されることは覚悟していた。

もちろん仕事はやめるつもりだった。

が、上層部からすると、それはまずかったらしい。自衛隊としてももちろんだが、警察としても一個人に先駆けされて犯人を特定された上、勝手に手を下されたのだ。政府としても、うっかり榊の行為が表沙汰になり、テロリストを一掃したことで英雄扱いでもされれば対処が難しくなる。

そこに、榊の能力を惜しんだ宝生が一枚噛《か》んだ。

宝生自身、以前に可愛がっていた部下がテロの巻き添えになったことがあったらしく、感情的に榊に同調する部分もあったのかもしれない。

町工場の爆発はテロリストたちが自ら爆弾の処理をあやまった形でケリをつけ、宝生が責任を持って管理するということで、榊を手元に引き取ったのである。

その宝生はメリッサの日本支部統括の地位にあり、総責任者だった。

それで日本での「軍籍」はそのままに、榊はメリッサへ出向の扱いになった。階級は、基本的に母国での地位がスライドされるので、榊の場合は「軍曹」になる。

ただ、榊は常勤であることを拒否した。中将を相手に、しかも刑務所にぶちこまれるところを助けてもらった上で、かなり生意気にも、だ。

しかしその時の榊は、かつてのように誇りを持って任務に就く自信はなかった。それだけの緊張が保てるのかもわからない。

そのため、宝生から榊が指定された場合のみ、パートタイムのように任務に当たることになっていた。いわば「予備役《よびえき》」だ。

そんな背景もあり、チームで動くことの多いメリッサのミッションだったが、榊の任務は単独がほとんどだった。主に情報収集で、潜入が中心になる。もちろん状況に応じてバックアップがつく形だ。

半年ほどの研修を受けたあと日本へもどった榊は、時間が自由になり、素性を疑われた時に言い訳のきく「探偵事務所」を開いた。

国内のテロ活動について探ることもあったし、海外のテロ組織へ潜り込むこともあったし、武器のバイヤーやら、仲介人やらに扮《ふん》して接触することもあった。場合によっては、そのまま榊が内部から組織を壊滅に追いこむ場合もあるし、後日ニュースなどで関連した会社や人物の名前を見て、メリッサが手を打ったんだな、と察する場合もある。

榊が任務を受ける場合、基本的には宝生から直接、通達された。

もちろん日本支部に所属するすべてのメンバーに宝生が直接対応しているはずもなく、あるいはこれは、榊の特殊な立場にともなう特例なのかもしれない。榊の身柄自体が宝生の預かりになっている事情もあるのだろう。

本来、目の前に立つこともできないはずの立場の男と、こうして直接、言葉を交わすようになって五年。

そのほとんどは余人を交えない二人きりでの会話で、そこそこ長い付き合いになったと言える。

軍組織の中で階級は絶対的だったが、これほどの地位にあっても宝生はかなり気さくな男だった。

同じ痛みを共有しているという同族意識も、少しばかり関係を気安いものにしていたのかもしれない。

「それにしても、相変わらず急な呼び出しですね。俺にも都合はあるんですが」

後ろ手にドアを閉じ、戸口で立ったまま、榊は少しばかり皮肉な調子で口にした。

それでも姿勢は直立したまま崩れないのは、身に染みついた習いなのか。夏加《なつか》が見たら、目を丸くするだろう。


——ブルーバードを歌いにいかないか？

それが、この男からの招集コールだった。

文章に入っている色が時間を、「歌いに」の部分があらかじめ決められていた場所を示している。

この場合、メリッサ日本支部。

日付は特に指定がなければその日だ。……今まで、当日以外で指定されたことはなかったが。

「どうせ、迷子の犬捜しでもしているんだろう」

榊をちらっと見上げ、見ていたように言われて、榊はちょっと咳払《せきばら》いをする。

「おかげさまで、それなりに仕事はありますからね」

探偵というか、便利屋というか、今の榊の表の仕事は「何でも屋」といったところだ。ただペット捜しはなぜか得意で、口コミで少しばかり評判も広がっているらしい。飢えない程度に、定期的に仕事があるのはありがたい。

おそらくメリッサでの職を辞しても、それだけで何とか食っていける。

「君みたいな人間が、ペット捜しで人生を満足できるとは思えんがね」

「それが似合ってるんですよ、今の俺には。そのくらいののどかな暮らしに満足できるようになったんです」

いくぶん意味ありげに言われ、しかしそれに気づかないふりで榊は言い切った。

「能力の持ち腐れだな」

やれやれと言いたげな男の言葉を、榊はあえてスルーする。

と、ふいにポケットで携帯が音を立てた。

「……すみません。少しだけいいでしょうか？　すぐにすみます」

ちらっと相手を見て断った榊に、宝生があっさりとうなずく。

電話の相手は、午前中の依頼人だ。例のマダム。

もしもし、と出たとたん、「ありがとうございましたっ、榊さんっ。本当にもう…っ」と感極まった女の声が耳に飛びこんでくる。

「……そうですか、ユウタくん、見つかりましたか」

少しばかり電話を遠くに離して、相手がひとしきりしゃべり終わるのを待ってから、榊はようやく耳元にもどして穏やかに応える。

「衰弱してませんでしたか？　……ご飯を食べたら元気になった？　ああ、それはよかった。夏場だと危なかったでしょうが、……ええ、本当に」

会話が聞こえていたのか、宝生がおもしろそうな顔でこちらを眺めている。

「いえ、料金は結構ですよ。今回はまだ調査前でしたからね」

『とんでもございませんわっ！　庭師の車に勝手に入りこんでいただなんて…、榊さんが気づいてくださらなかったら、今頃はユウちゃん、どうなっていたことか…っ』

「いえ、本当に。……あーと、実は俺、もう別の仕事に入ったものですから、しばらく事務所には帰れないかもしれないんで」

ちらっと無意識に視線を上げて答えた榊に、宝生が口元で笑いながらうなずく。

実際のところ、もし連絡が入らなければ、榊としてはこの「ユウちゃん失踪事件」の調査に着手し、依頼人が娘と連絡が取れる前にいくつか適当にあたってみて、多少なりとも調査費なり報酬なりをせしめることができたはずだったが。

『本当に感謝いたしますわ、榊さんっ。あ、でしたら榊さんのことはママ友に宣伝しておきますわねっ。何かあったら間違いなく信用できる方ですって』

……ネコのママ友だろうか？

内心で疑問に思いつつ、今後ともよろしくお願いします、と愛想よく返してから、ようやく榊は電話を切った。

「申し訳ありませんでした」

頭を下げた榊に、いや、と宝生がにやにやしている。

今の通話内容も、ここの職員《メリッサ》には盗聴されている――というか、筒抜けだったはずで、今頃は管理室で笑い話のネタになっているのかもしれない。

「ともあれ、仕事を受けてくれる気はあるようだな」

「ネコが庭師の車で運ばれてなかったら、そちらの仕事が先着でしたけどね」

澄ました顔で言った男に、榊は携帯をポケットにもどしながら肩をすくめる。

「そっちの仕事は順調そうだな」

「おかげさまで」

「こちらの仕事も手際よく進めてくれるとありがたいんだが」

「潜入《アンダーカバー》ですか？」

短く尋ねた榊に、宝生がうなずいた。

「そうだ。……すわりたまえ」

うながされ、ぽつんと無機質にテーブルに置かれていたラップトップの前の席につく。

「本当ならゆっくり食事をしながらでもいいかと思っていたんだが、時間がなくてな。ゆり根がうまい時期だし、冬の間にこの件が片付きそうなら行きつけに一席設けるか」

立ったままの宝生が何気なく言うのに、榊はわずかに眉を寄せた。

「精進料理ですか？」

ゆり根とはさすがに渋い。いや、嫌いではないのだが。

微妙な表情を察したのか、男が喉で笑った。

「物足りんかね？　まあ、君は肉食獣だからな」

確かに草食動物というほど、榊は優しげな雰囲気ではない。

「相変わらず、女性へのセックスアピールは健在なようだしな？　私立探偵と言えば、謎めいた美人の依頼人がつきものだ。ああ、人妻とか？」

「そんなんじゃないですよ」

にやりと付け足され、榊としては苦笑いするしかない。

いやまあ、セックスアピールの点ではそれなりだとは思うのだが。

仕事柄――というべきだろうか。一九〇に近い長身で、鍛えられた身体はジャケットの上からでもがっしりとした体格の良さがうかがえる。いくぶん強面《こわもて》な顔は愛想のよさでカバーしているし、女受けが悪いわけではない、と思う。

もっともまだ、新しい恋人を、とはとても思えなかったが。

自覚はなかったが、おそらく玲《れい》が初恋で――もしかすると、最後の恋だったのかもしれない。

間違いなく、玲と一緒に自分の中で何かが死んだのだ。ともに生きるはずだった未来が一瞬にして消え、腕の中は空っぽだった。虚《むな》しく思い出を抱くだけで。

あれ以来、誰かに気持ちが動くことはなかった。

そう、夏加にも、だ。

とはいえ、この年の男としては身体を持て余すこともあり、その時々にそれなりの相手はいた。

女にしてもヤクザな私立探偵相手ではとうてい結婚相手として考えられるはずもなく、カラダ目当てだろうから、おたがいに利害は一致している。

もっとも宝生が言いたいのは、草食動物の逃げ足の速さではなく、榊には肉食獣並みの攻撃力がある、ということなのかもしれないが。さらには俊敏性や、獲物を狙う勘の良さ。

「それで仕事の話だが、……受けられるかな？」

パソコンを開く前にあらためて確認され、榊はうなずいた。

「ええ。まあ、給料ももらっていることですし、中将には大きな借りもありますからね」

なかば軽口のように言ってから、榊はまっすぐに男を見上げた。

「ただ、これで最後にしてくれませんか？」

うん？　宝生がわずかに目をすがめた。

「勝手を言って申し訳ないと思いますが…、この仕事が終わってからでかまいません。正式に除隊させてください」

だらだらと中途半端に続けるより、その方がいい。

「嫌になったかね？」

穏やかに聞かれ、榊はちょっと考えた。

「というより……、そうですね。そうかもしれません」

もちろん潜入中に素性がバレたら命に関わるし、これまでにも危ない場面は何度もあった。

任務に対しては忠実に実行してきたつもりだったが、……しかし榊にとって、結局は惰性だったのかもしれない。

始めた頃は、それでも使命感のようなものがあっただろうか。少しでもテロや組織的な犯罪をなくすことができれば、玲や妹の供養になるだろうか、と。

だがそれで、何が変わるわけでもなかった。

何だろう…、自分が動く目的が見えなくなっていた。

何のためにやっているのか。何がしたいのか。……それすらも。

「どれだけ潰しても、あとからあとから出てくる。キリがないのに疲れたのかもしれません」

虚しくなっていたのは確かだ。

それに宝生が大きなため息をついた。

「私としては、そろそろ気持ちの整理をつけて本格的にチームに入る気はないかと思っていたんだがな…。一人で動くには限界もある」

「いえ、こんなモチベーションじゃ仲間の足を引っ張るだけですよ。足を引っ張るだけですめばまだしも、命に関わる」

榊は首を振った。

自分一人ならどうなったとしても自分の責任だ。ケガをしても、死んだとしても、……誰かを殺したとしても。

だが、自分のミスや判断に仲間を巻きこむことはしたくない。

なにしろ、昏酔《こんすい》強盗の餌食になるくらいだ。潮時だと思う。

「それで犬ネコを相手に、この先、君の能力を費やすつもりかね？」

「癒やされますよ、動物は」

いくぶん皮肉な男の言葉に、榊は苦笑してみせる。

「家族同然のペットがいなくなっても、警察が捜してくれるわけじゃないですからね。見つかれば喜ばれるし、感謝もされる」

「ずいぶんな逃げだな」

さらりと端的な指摘に、一瞬、榊は息を詰めた。返す言葉がなかった。

「……まあ、いいだろう。命に関わる仕事だ。無理強いするつもりはないよ。その件は、こちらの仕事が終わったあとでまた考えよう」

「ありがとうございます」

しかしあっさりと続けた宝生に、榊はホッと息をつく。

案外簡単に了承されたことがちょっと淋《さみ》しい気もして、そんな自分に冷笑する。

それでも必要だと、言われたかったのだろうか。ワガママなものだ。

「それで、今回の任務は受けてもらえるのかな？　今から後任を探すには時間が足りんのだが」

「ええ、それは。潜入ですよね」

そっと息を吸いこみ、気持ちを切り替えて答えた榊に、男がうなずいた。

「そうだ。見てくれ」

顎《あご》でラップトップを示され、榊はおもむろに開いた。

電源は入っており、個人のＩＤナンバーを打ち込むと、いくつかのファイルが現れる。

「潜入してもらうのは、タケヒサ製薬の本社だ」

タップすると、目の前に大きなビルの外観、そして内部の写真がいくつか映し出され、隠し撮りらしい人物の写真が数十枚、次々と展開した。

名前と年齢、大まかな経歴とタケヒサ製薬での所属部署。

……全部覚えろってか？

榊は内心で思わずうなった。

相変わらず、身体だけでなく頭もフルに使わせるつもりらしい。

「専門知識が必要だし、社員として中枢へ入りこむのは難しい。今回はビルの警備の方から入ってもらう」

そんな宝生の説明を聞きながら、とりあえず社長をチェックし、重役をチェックして。

ふっと一瞬、画像を送る指が止まった。

えっ？　と思わず目を見開いてモニターを見つめてしまう。

ドキリとするような怜悧《れいり》な美貌。

間違いない。ゆうべ会ったあの男――。

南雲《なぐも》沙貴《さき》。二十八歳。肩書きは社長秘書。

「どうしたんだね？」

動きの止まった榊の様子に、怪訝《けげん》そうに宝生が声を掛ける。

「あ…、いえ」

あわてて榊はデータを先に送った。

まさか、誘われて油断して金を取られました――などとマヌケな報告は上司にはできない。

ただその名前は、記憶に刻み込まなくても間違いなく覚えられた。

4

午前十時過ぎ。

早いという時間ではなかったが、この時間に社長室のドアがノックされるのはめずらしい。

軽く響いたその音に、社長室で一日のスケジュール確認をしていた南雲《なぐも》はふっと言葉を切って振り返った。

社長の竹久《たけひさ》も怪訝《けげん》そうな顔を見せたが、どうぞ、と声を返す。

他の秘書が何か急用だろうか、とも思ったが、姿を見せたのは社長の竹久よりもひとまわりほど年配の、もう一人の竹久だった。

竹久宏和《ひろかず》——タケヒサ製薬の現社長である竹久響一《きょういち》の叔父で、副社長でもある。

五十代後半だったが、がっしりとした長身でまだ腹も出ておらず、グレイがかった髪も豊かで、四十代なかばの社長と比べるとやはりどっしりとした落ち着きがみられる。

やあ、おはよう、といつもの穏やかな物腰で入ってきたその姿に、南雲は一礼して社長の前から脇へ下がり、副社長を前へ通した。

その後ろには副社長秘書である女性がついており、ちらっと南雲にさりげない——しかし鋭い視線を向けてきたが、南雲は気づかないふりで黙礼して受け流す。

同じ秘書室に所属しているわけだが、……まあ、秘書室のたいていの人間が自分に対してまだ距離をとっていることはわかっていた。

永井麻奈美《ながいまなみ》というこの副社長秘書などは、かなりあからさまに向こう岸の人間である。

タイトなスーツ姿に色気がある、才色兼備の三十歳。副社長の秘書についてもう長いと聞いているが、あるいは「社長秘書」の座を狙っていたのだろうか。しかし三カ月前に、いきなり横から出てきた南雲がかっさらった形になる。

「おはようございます、叔父さん。……ああ、そういえば今日から東北方面へ出張をお願いするんでしたね」

思い出したように言いながら、社長もイスから立ち上がって親しげな笑みをみせた。

「叔父さんにご足労をおかけして申し訳ないです」

そして恐縮した様子で頭を下げた社長に、副社長が微笑《ほほえ》んで軽く手を上げた。

「いやなに。国内の出張くらいたいしたことじゃないよ。社長の君は自ら世界中を飛びまわってくれているんだしね」

「叔父さんが日本でしっかりやってくださるので、私も安心して動けるんですよ」

「だといいがね。ああ、仙台で忘れずに土産を買ってくるよ。何だったかな…、あの菓子。由佳《ゆか》さんと美咲《みさき》ちゃんがお気に入りのやつ」

ちょっと問うように振り返った副社長に、麻奈美が「うかがっております」とにっこりそつなく微笑み返す。

「喜びますよ。美咲はともかく、家内はこのところ、少しばかりダイエットの必要があるんじゃないかと思いますけどね」

「いいのかね？　そんなことを言って。言いつけるよ」

「あ、いや、失言です。勘弁してください」

掛け合いみたいな和やかな叔父と甥《おい》の会話に、軽く笑い声が広がる。

社長の響一は前社長の長男だが、父親の病気療養にともなって十年ほど前に社長に就任した。その頃は三十代の若さだったわけで、当時から副社長だった叔父との間で跡目争いにからむ確執があってもおかしくない状況だったが、どうやら副社長に社長のイスへの野心はなかったらしく、甥を支えることでスムーズに今の体制になったらしい。

もともと人当たりがよく、社員への目配りも利《き》く人間らしく、社内での評判はよかった。

実際に世界展開への意欲が強い社長と、しっかりと国内での安定を図る副社長とでうまく舵《かじ》を取っている、という印象だ。

「二、三日だが、留守中、よろしくな。……南雲君もよくやってくれているようだね」

ちらりと視線を向けられて、南雲も丁寧に頭を下げる。

「恐れ入ります」

「優秀ですよ、彼は。五カ国語が扱えますしね。今後の海外視察では大きな戦力です。優秀な人材を眠らせておく必要はありませんからね」

子会社にいた南雲を自ら引き抜いてきた社長のどこか誇らしげな言葉に、副社長がにこやかにうなずく。

「南雲君が男でよかったな。こんな美人が女性だったら、由佳さんも気が気じゃないだろう」

「いや、まさか…、悪い冗談ですよ、叔父さん。南雲君にも悪い」

副社長としては他意はないのかもしれないが、そんな軽口に社長がいくぶん引きつった愛想笑いを返した。

子会社で採用されてからすぐに本社の社長秘書に抜擢《ばってき》された南雲には、実は社長の愛人なのではないか、という噂《うわさ》がまことしやかにささやかれている。そして実際、それらしい誘いを受けていないわけでもない。

とはいえ、副社長の耳にまで届いているわけではないだろう。

「ああ、いや、悪かったね」

いくぶんあわててあやまった副社長に、いえ、と南雲は静かに微笑んだだけで返し、麻奈美はことさら冷たい笑みを浮かべている。

「そういえば、ラドナムから……、誰だったかな、客が来るのは来月末だったかな？」

と、思い出したように、副社長が確認してきた。

「ええ、ローレンス氏ですね」

話題が変わり、少しばかりホッとしたように社長がうなずいた。

「南米市場の足がかりになる大事な客なんだったね。接待の席を設けた方がいいんだろうね」

「特には必要ないと思いますよ。むこうの方ですからビジネスライクですしね。生産体制の確認にいくつか研究施設を見てまわりたいということでしたが。日本にもよく旅行で来ているようですから、大概のところには足を延ばしているみたいですしね」

　気を利かせて口にした叔父に、甥がさらりと答える。

「やはり、ラドナムでの販売を一手に任せることになるのかな？」

「ええ。南米での販売ルートの開拓にも彼の協力は不可欠ですから。次の来日では叔父さんにも挨拶《あいさつ》してもらうことになると思います」

「ああ…、それはもちろん。まあ、海外市場については君に任せているからね。私が口を挟むつもりはないよ」

　そんなトップの会話に、南雲もちょっと記憶を探る。

　確かに、二月下旬に来日の予定が入っていた。

　正式名はセント・ローレンス・ラドナムという、中米の小国だ。だが租税回避地《タックスヘイブン》で世界中の大企業が本社を置いていることもあり、国としては潤っている。

「しかし…、大丈夫かい？　そんなに信用して」

「信頼できるパートナーですよ。まだ若いですが名家の出ですし、ラドナムの経済界でも発言力がある。一族には製薬会社はもちろん、通信から小売り、流通までの企業が傘下にありますし。製薬だけでなく、健康飲料などの売り込みも期待できます」

　ことさら力をこめて言った社長の言葉に、副社長がうなずいた。

「まあ、外交筋ともつながりのある人だというからね」

「……副社長。そろそろ新幹線のお時間が」

と、時計を見て声をかけた秘書に、ああ、と副社長が振り返る。

「そうだな。じゃあ、行ってくるよ」

「お気をつけて。よろしくお願いします」

廊下まで二人を見送り、ドアが閉まると、ふっ…と社長が小さく息を吐いた。何気なくネクタイに手をやり、咳払《せきばら》いをする。

「いや…、すまないね。叔父が妙なことを言って」

口にしながら、ちらっと南雲の表情をうかがってくる。

いいえ、とわずかに目を伏せて南雲は返した。

「やりにくいところはないかな?」

「大丈夫です。突然、抜擢いただいたので、社内ではつまらない憶測も出るのでしょう。申し訳ありません。社長のご迷惑にならなければいいのですが」

静かに微笑んで言った言葉は、なかばクギを刺す意味もある。

「いや、君にはそれだけの能力があるんだ。親父《おやじ》からの推薦もあったし…、堂々としていればいい」

ことさら強く言いながらも、視線は少しばかりあらぬ方を向いている。

「ありがとうございます」

さらりと礼を言ってから、南雲はテキパキと残りのスケジュールを確認する。

そして社長室を出て秘書室へもどると、ちょうど部屋から出てきた若い女性秘書にぶつかった。南雲よりも二つ、三つ年下だが、もちろん社内では先輩になる。

「あっ、南雲さん」

パッと表情を明るくして、そして確認するみたいに小さくあたりを見まわしてから、いつになく親しげに声をかけてきた。

「あの、あさってなんですけど…、秘書室の若いメンバーで集まって飲もうか、って話があるんですけど。南雲さんもいかがですか？　ええと…、南雲さんの歓迎会もちゃんとやってないですし…、それも兼ねて。若手の集まりなんで気兼ねなく飲めますよ」

本社に来て三カ月もたって歓迎会もないとは思うが、今までタイミングがつかめなかったのか。

中途採用の新入りに興味はあったのかもしれないが、いつも秘書室を仕切っている永井女史の目もあって、なかなか声をかけにくかったらしい。めずらしくそのお局《つぼね》様に出張が入り、この機会に、ということのようだ。

南雲としても同僚とつきあっておいて損はない。

「それはありがとうございます。社長の状況によりますが…、時間がとれそうでしたら、ぜひ」

「ホントですかっ？　よかった！」

穏やかに微笑んだ南雲に彼女が弾んだ声を上げ、じゃ、また場所と時間はご連絡しますね、と口にすると、急いで離れていく。

南雲と二人で話しているところをうかつに見られると、あとで女子更衣室あたりでシメられるのかもしれない。

女性の世界はいろいろと大変だな、と思いつつ秘書室のドアを開くと、一番奥で顔を上げた秘書室長が大きく声を上げた。野中《のなか》という、四十代後半の男だ。

「ああ、南雲君、ちょっと」

いくぶん急《せ》くように呼ばれ、南雲はまっすぐに奥の室長席に向かう。

おはようございます、と挨拶をしながらも、自分の様子がじっと他の同僚にうかがわれているのがわかる。

「何か？」

「実は小谷《こたに》会長のお時間が取れそうなんだよ。二十七日の昼なんだが、社長のスケジュールはどうなってる？」

早口に聞かれ、南雲はちょっと記憶を呼び起こす。年始めの挨拶まわりがまだ終わっておらず、立てこんでいる時期だったが、スケジュール帳をめくる必要はなかった。

「昼ですか。その日は確か、荻島《おぎしま》議員との会食が入っていたかと思いますが」

「荻島先生か…。まずいな」

野中が顔をしかめる。

「荻島議員の方から予定を変えていただける方向で根回ししてみましょうか？」

つまりこちらの都合ではなく、相手の都合で変更させられるように、だ。

「できるのか？」

頭の中で人脈をたどりながら尋ねた南雲に、野中が聞き返してきた。

「秘書の八木《やぎ》さんに連絡してみます。なんとか調整できるのではないかと思いますが」

「頼むよ」

うなずいた野中に一礼して南雲は席にもどり、手元のパソコンにアクセスコードを打ちこみながら、片手で携帯を取り出した。

タケヒサの社員にはそれぞれに社内データへのアクセスコードが割り振られているが、当然ながら役職や部署によってアクセスできる範囲が制限されている。

社長秘書である南雲のアクセス権限はそこそこ広いが、新しくアップされている情報には一通り目を通すようにしていた。

「おはようございます。タケヒサの南雲です。お世話になっております」

電話に出た相手に挨拶を返しながら、メールをチェックし、目の前の画面に連絡事項を流していく。

「――はい。では、ご連絡をお待ちしております。よろしくお願いいたします」

電話を切り、室長に「連絡待ちです」と報告をしてから、いったん席を立つ。

エレベーターホールで、麻奈美と出くわした。カシミアのコートに、ブランド物の小ぶりなスーツケースを片手に提げている。

副社長の出張には、基本的に同行しているらしい。

「お疲れ様です。お気をつけて」

軽く頭を下げ何気なく言った南雲に、麻奈美が傲然《ごうぜん》と顎《あご》を上げて冷ややかに南雲を見返した。

「留守中、社長のお世話をよろしく。あの方、まだ少しふらふらされるところもあるから」

そしてわずかに身を寄せて、南雲の耳元でささやくように付け足した。

「社長、以前に女性秘書と酔った拍子にうっかり関係を持って妊娠騒ぎになったことがあるの。結局はその女の狂言だったんだけど…、それがあるから女の誘いには懲《こ》りてらっしゃると思うけど、男相手ならその心配はいらないわけだし、妙な気にならないとも限らないから」

「そうですか。気をつけておきます。ご忠告をありがとうございます」

クギを刺されているのは十分にわかったが、南雲は素知らぬふりでさらりと返す。

それに、ふん、と麻奈美が鼻を鳴らした。

「あなたならボンボンの社長くらい、たらし込むのは簡単そうだけど。私が帰る頃には、秘書室中があなたの魅力の虜《とりこ》になっているかもしれないわね」

ずいぶんとあからさまな嫌みだったが、最近では室長あたりまで南雲を頼りにしつつあることが神経に障《さわ》っているのだろう。

「永井さんの代わりにはなれませんが、精いっぱい務めさせていただきます」

にっこりと慇懃無礼《いんぎんぶれい》な笑顔で答えた南雲をにらみつけ、麻奈美はちょうど到着して開いたエレベーターに靴音も荒く乗りこんだ。

おっと…、と麻奈美をかわして、里崎《さとざき》という男が入れ違いに降りてきた。

三十代なかば。総務部の管理課にいる、すらりと細身でメガネをかけたいくぶん神経質そうな男だ。

「ああ…、南雲さん。ちょうどよかった」

目の前に南雲の顔を認めて、パッと表情を明るくする。

「恐いな…。永井女史、敵意剝《む》き出《だ》しですね」

そして扉の閉じたエレベーターをちらっと振り返って苦笑した。

「キャリアの長い先輩ですし、仲良くやれるといいのですが」

そつなく答えた南雲に、そうですね、とうなずき、里崎が尋ねてきた。

「今月から新しく入った警備員の履歴書が回ってきてますが、ご覧になりますか？」

「ああ…、この間、骨折した方の代わりの？」

南雲は軽く首を傾け、あっさりと答えた。

「警備会社の人間でしょう？　身元に問題がなければ、管理課の方で処理しておいてください」

「わかりました。一応、現在の警備室の資料をお渡ししておきます」

里崎がクリアファイルに入った書類を手渡しながら続けた。

「警備ですが、タケヒサ本社で採用を考えてもいいんじゃないでしょうか？　ビル自体もかなりＩＴ警備化が進んでいますし、結局、オフィスフロアはすべてタケヒサが入っていますし」

「そうですね…。社長に上申しておきます。ただコストや技術の問題もありますから」

「そのうち、無人でもよくなると思いますけどね」

「ええ。製薬会社だと社外秘の案件も多いですから、本来はそうなんでしょうが。……管理課として電子的な警備の提案があるのでしたら、お話はお聞きしますよ」

「まとめておきます」

他の秘書たちや会議室を使う人間が行き交う中、軽い立ち話をして、では、と別れる。

フロアの隅の自販機でコーヒーを買いながら、南雲はもらったファイルをぱらりとめくった。

一番下に、新しく入ったという警備員の資料がついている。
ふと、手が止まった。
榊充嗣《さかきみつぐ》――。
その顔写真と名前に、わずかに目をすがめた。

5

「おはよう一っす」

と、榊《さかき》が気軽な調子で警備室に入った時、時刻は夜の八時過ぎだった。

数十台ものモニターが目の前の壁一面に並ぶ前には、制服姿の五人の男たちがいくぶんだらけた様子で腰を下ろし、一応顔は前へ向けたまま何やらだべっている。机の上にはコンビニスイーツとカップコーヒー。廉価版の漫画本。それに無線機。

会社のロゴが入った面白みのないカレンダーは早くも一カ月目がめくれ、街はチョコレートに悲喜こもごもする季節になっていたが、むさ苦しい男所帯にはそんな色気や華やかさのカケラもない。

榊がここに通い始めて二週間ほどたっていたが、そろそろ馴染《なじ》んだ光景だった。

TAKEHISA——タケヒサ製薬の本社ビルである。

国内の大手五社に入る製薬会社だが、創業して七十年ほどと、老舗《しにせ》が多いこの業界では新興と言える。世界の医薬品売上高順位で、おととしは二十三位。

世界的なメガ・ファーマと比べればずっと規模は小さく、業界では主力製品の特許期限切れで減収に揺れている中、タケヒサも十年ほど前はかなり業績が悪化していたらしい。だがなんとか持ち直し、去年は研究所を二つ新設して、新薬の研究に力を注ぐ攻めの姿勢を見せている。現在も糖尿病や心房細動の治療薬、それに抗がん剤が承認待ちになっていて勢いがあり、この本社ビルには去年移転してきたところだった。

宝生《ほうしょう》の話では、そのタケヒサに最近出回っている新種の合成麻薬製造の疑いがかかっている。

クールキャンディ——「CC」と呼ばれる錠剤で、欧米や日本の若者……というよりももう少し上の、いわゆるヤングエグゼクティブと呼ばれるビジネスマンに広がっているらしい。つまり、エリート層だ。

その分、値段は高いが、頭がすっきりとして驚くほど仕事が進み、中毒症状はない。……と言われていた。

もちろん、そんなことはあり得なかったが。

中毒にならなければ、金にならない。

どうやら高級な「ビタミン剤」や「栄養剤」みたいなもの、と軽く考えている人間も多いようで、このところ若いアーティストたちへ口コミで広がり始め、学生たちが手を出すのも時間の問題になっていた。

なにしろ製薬会社である。薬を作るのが仕事であり、それで望む症状を引き起こさせることは十分に可能だろう。躁《そう》状態にも、鬱《うつ》状態にも。幻覚症状でも。

仮にそのドラッグを自分たちで製造して売りさばき、さらにそれを治療する薬を作っておけば利益は倍になる。事実ならば、恐ろしい事態だ。

拡散が通常とは違ってビジネスマン層から始まったのも、あるいは初めは「製薬」として誰かに処方されたせいかもしれない。

榊自身、胃腸薬とか風邪薬とかかゆみ止めとか、おそらく日常的に世話になっているタケヒサの薬はいくつもあるはずで、あまり考えたくない状況だった。

メリッサにその情報が上がってきたのは、その利益の一部が海外のテロリストの資金源となっている可能性があるからだった。どうやら「治験者」をその地域で募っているらしい。つまり一種の「興奮剤」であれば、それを服用した人間が自爆テロなどに走りやすくなることは考えられる。

榊の任務はその真偽を確かめることだったが、それが事実だった場合、誰がどこまで関わっているのかを調べる必要があった。金の流れと製造、販売ルートも。

日本の工場、あるいは研究所で作られているのか、それとも海外なのか。タケヒサは日本の製薬会社としてはめずらしく、海外でも生産から流通までのすべてのラインを確立している。

そんな大がかりな動きに社長がまったく関わっていないとも思えなかったが、かといって会社ぐるみとは限らない。

とりあえず本社に潜入して、社長の周辺を探ってみてくれ――、と指示され、榊はまず、タケヒサ製薬の本社が入っているビルと契約している大手の警備会社に入社することになった。

去年のはじめ――ちょうど一年ほど前だ――、タケヒサが本社を移したのは、オフィスと店舗からなる地上二十階、地下二階の複合ビルだ。

二酸化炭素排出量削減、BCP対応、七十二時間非常用発電機採用、クールビズ対応空調機採用と、最先端のシステムが導入されている。三階までが店舗で、その二、三階は飲食店、一階には総合案内の他、コンビニや書店、カフェ、コピーサービスの店舗などが入っており、集中警備室も奥の一角にとられていた。

そして四階から上のオフィスフロアをすべて、タケヒサ製薬が占有している。

それだけにビルの名称も「タケヒサ・ファーマ・ビルディング」であり、一般には「タケヒサ本社」で通じる。

榊が警備会社に入社したのは宝生と会った翌日で、その三日後にはここに派遣されていた。榊のあずかり知らないルートで話は通っていたのだろう。

年度末に入るこの時期、即戦力だった榊は重宝され、人が避けたがるシフトも快く引き受けたせいか職場に馴染むのも早かった。そのあたりは「潜入」の技術でもある。

このビルの警備は三交代制なので、芸能界並みにいつでもどこでも「おはようございます」の挨拶《あいさつ》が交わされているらしい。

当然、榊が裏の通用口から入ってくる様子も警備室から見ていたはずで、ドアのロックも解除してもらっていた。入室してきた榊に驚いた様子もなく、ちーっす、と肩越しに振り返った顔馴染みの連中が次々と挨拶をしてくれる。

「よう、榊君。今日は夜勤？　ずいぶん早いね」

中の一人、五十過ぎの、いくぶん頭が淋《さみ》しくなった分、腹の脂肪は増えてきたオヤジが、気安い調子で声をかけてきた。

「友達と約束してて近くで夕飯、食ったんですけど、そいつが彼女連れだったんで。早めに別れたんですよ。花江《はなえ》さんは遅番でしたか。もう上がってもらって大丈夫ですよ」

警備主任の立場にある人だ。

気さくな調子で言った榊に、花江がパッと顔をほころばせた。

「ほんと？　助かるなー。なんか今日、腰が痛くってさ。やっぱり寒いせいかなぁ…」

ぼやくように言いながら腰を押さえて立ち上がり、悪いねー、と口にしながらも、そそくさと奥のロッカールームへ入っていく。制服の上を脱いだだけでコートを羽織って出てくると、「じゃ、お先ね。あとよろしく」と機嫌よく言って警備室をあとにした。

他の若い職員からも「お疲れっすー」と、バラバラ声がかかる。

「……フーゾク？」

「キャバクラなんじゃないか？」

そして姿が消えた背中に、若い警備員たちがにやにやしながらささやいた。

よくも悪くも「オヤジ」といった風情の花江は、しつこく飲みに誘ってくることもないし、嫌われているわけではない。だが、他の警備員たちから比べるとかなり年配で、その分身体を動かすことがおっくうになっているらしく、いささかサボり癖がある。巡回などを若手にまわすことも多く、一緒に夜勤になったりするとちょっと面倒な男だった。そして例にもれず、若い女が好きらしい。

「榊さん、そんなに気を遣うことないのに」
二、三十代の若い連中だけになった気安さか、一人があきれたように言った。
「新人だからな。点数、稼がねーと」

軽く返した榊に、二十歳《はたち》過ぎの若い男が大きくイスの背もたれに身体を反《そ》らせて忠告してくれる。

「花江さんにゴマすってもいいことないですよー。どうせなら、里崎《さとざき》さんあたりに取り入らないと」

里崎というのは榊たちのような警備会社の人間ではなく、タケヒサ本社の総務部管理課に所属しており、基本的に日勤なのだが警備室に詰めていることも多い。まあ、警備室のお目付役みたいな立場だ。

「やー、本社の人はまだちょっと」

「まぁ、里崎さん、まだ若いわりにちょっと気むずかしそうですしね」

「エリートビジネスマン相手じゃ、馴染めそうにないし」

榊の軽口に、ハハハ、とあちこちから共犯者めいた笑い声が上がる。

「そういや、斉藤《さいとう》君。これ、見つけたぜ?」

思い出したように、榊は着ていたモッズコートのポケットからＤＶＤのパッケージを取り出すと、ひょい、とモニターに向いていた若い男の目の前に、頭上から差し出してやる。

「――えっ、これって……、マジすかっ？」

ガシャンと大きなキャスター音が響き、がしっとそれをつかんだ男のイスが勢いでわずかに後ろにすべる。

すでに業界から引退した女優の幻の作品と言われる――まあ、ＡＶだ。先日、榊の歓迎会兼新年会の席で飲んだ時、この話が出ていたのだ。

こうした場所で情報を集めるには、コミュニケーションと飲みニュケーションが欠かせない。素性が疑われないように溶け込むことも重要だし、警備員たちの何気ない会話に出る名前と人物像、人間関係をしっかりと頭に入れる。

「あげるよー」

コートを脱ぎながら軽く言った榊に、「いいんっすか⁉」と斉藤が飛び上がった。

「俺、もう見たし。使ったし？」

おどけた言葉に、ひゃははっ、と笑い声が溢《あふ》れる。

「おお、すげぇ…。よく見つけたなー」

横からのぞきこんだ別の若い男が感心した声をもらした。

「榊さん、意外とマニアなんだ？」

「いやいや。マニアな友人がいるだけ」

「ホントっすかぁ？」

「そう。斉藤センパイのために、頭を下げてもらってきたの」

澄まして答えた榊に、斉藤が困った顔で首のあたりを掻《か》く。

「やめてくださいよ、その先輩って」

警備室に残っていた連中は、たいてい榊より年下になる。

「だって、俺より入社はずっと早いんだし」

「キャリアは榊さんの方が上なんでしょ？　他の警備会社に勤めてたって聞きましたから」

「だからあんな強いんだ」

話を聞いていたらしい、別の一人がつぶやく。

顔見せ代わりに、榊も警備会社の訓練場で一応「捕縛術」や「護身術」の訓練を受けていた。むしろ、他の警備員たちの訓練になった感じだったが。

「自衛隊出身て聞きましたけど」

「え、ホントっすか？」

「昔なー。規則が厳しくてやめちゃったけど」

「あー、榊さん、自由そうだからなぁ…」

「夜も遊べなさそうだし」

納得したようにつぶやかれ、苦笑しつつ榊は奥のロッカールームへ入っていく。

会社に提出されている履歴書はなかばでっち上げだったが、裏をとられて問題がないようにはなっているはずだ。五年前までの自衛官の経歴は実際のもので、その時点で退官し、警備会社を渡り歩いてきた経歴になっていた。

「あ、そういや、榊さん、合コンとか行かないですか？　来週末なんですけど」

薄く開いたままのドア越しに、誘いがかかる。

「合コン？　やー…、もうそんな年じゃないけどなー」

指定のロッカーにコートを放りこみ、シャツを着替えてネクタイを締めながら、榊は少し大きめに声を返す。

「何、言ってんですかー。まだ若いでしょ。カッコイイし、ガタイもいいし」

「俺、受付の子に聞かれましたよ、榊さんのこと」

「そうそう、カフェのバイトの子にも」

「ホントにー？　声かけられねーけどなぁ」

「一見、恐そうだからじゃないですか？　まじめな顔で立ってると」

「えー。俺、優しいオオカミなのに」

軽口に、ドアの向こうで笑い声がこぼれる。

「オオカミだとまずいっしょー」

そんなつっこみを聞きながら、何気ない様子で榊は尋ねてみる。

「その合コンて、ここのＯＬ？」

会社の人間であれば、あたってみる価値はある。

「や、違いますよ。歯科技工士に知り合いがいて。その子の職場関係なんすけど」

「ここのＯＬは俺たちなんか相手にしてくんないですよー、警備員なんか」

「レベル高いんだけどなァ…」

「高すぎなんだって。みんな高学歴だし」

ドアの向こうから若い連中の品定めというか、グチというか、噂話《うわさばなし》が聞こえてきて、榊はしばらく口を閉ざしたまま聞き耳を立てた。

「ちょっとお高いんだよな、やっぱ」

「秘書室の子とか、みんなＭＲ狙いだろ？」

「ＭＲの年収って平均で七百万超えだってなー。職種別で一位だってさ」

「あー、その記事、見た見た。つーか、医薬品メーカーが業種別でトップなんだろ？　俺たちの出る幕ねーよ」

「おまえが勝てるとこねーから。顔でも頭でも」

「顔！　それ言われたら、秘書室はアレだろ、そりゃ…」

「あー、南雲《なぐも》さんか…」

ふいに会話に上ったその名前に、榊は一瞬、ネクタイを結んでいた手が止まる。

南雲沙貴《さき》——例の男だ。社長秘書で、二十八歳。

データで見たプロフィール写真が頭に浮かぶ。

……いや、むしろ、ホテルで自分の腹の上に乗っていた時の蠱惑的《こわくてき》な表情が。

さすがに縁がなくともあれだけ目立てば、噂話のネタになるらしい。

「つーか、むしろあの人は男に狙われてんじゃねぇの？」

冗談か本気かわからない声。

「俺、遠くからしか見たことないんだよなぁ…」

「近くで見ると身震いするよ。いや、マジで」

「社長、あれ、確実に狙ってるよなー。しょっちゅう『同伴』させてんだろ？」

「ていうか、もうデキてんじゃねぇの？」

「男だろ？」

「いいんじゃねぇの？　あれだけ美人なら。……愛人だったらさ。子供の心配もねーし」

「だいたい社長がどこかで見かけてヘッドハンティングしてきたんだろ?」

「ヘッドハンティングっつーか、子会社にいたのを強引に引っ張ってきて社長秘書にしたって聞いたぜ?」

「いいなー、社長秘書。エロい響きだよな…」

「でも、仕事はできる人みたいだから。学歴、すごいんだろ? アメリカの大学出てるみたいだし」

「マジか。スペック高《たけ》ぇなァ…」

「なんだろな…、俺たちとは世界が違うよなァ…」

「なんかの間違いで一回お手合わせしてもらえんなら、おまえ、乗る?」

「そりゃ、乗るだろ」

「どうすんだよ、それでハマったらっ」

「シャレになんねーっ」

賑《にぎ》やかに笑い声が弾《はじ》けたのを機に、榊は制帽を手にしてロッカールームを出た。

「いやいや、男は顔より優しさだから。いかに女の子のグチを優しく聞いてやれるかだよ。俺の経験から言えばな」

頭に帽子を乗せてから、ポンポンとイスにすわっていた男の肩をたたく。

「それ、榊さんに言われてもなー」

「榊さんの場合、カラダじゃないんすかぁ? 腹筋、割れてるでしょ」

「最近、自信ねーから、タケヒサの薬に頼ろうかと思ってる。警備員特典でサンプルとかくれねーかな？」

まじめな顔で返した榊に、笑い声が弾けた。

「そんじゃ、俺、巡回に行ってくるなー。西峯《にしみね》君が来たら、北からまわるように伝えといて」

無線機を一つ手にして何気なく言った榊は、了解でーす、お願いしまーす、の合唱を背中に聞きながら警備室を出た。

広いロビーに出ると、自分の靴音が淋しく反響する。三階までが広い吹き抜けになっている玄関ホールだ。

夜の九時近くで、この時間、さすがに人気《ひとけ》はなかった。二、三階の店舗フロアは八時を過ぎるとビル外部からだけの出入りになり、ロビーからのエスカレーターは停止される。ビルの中からカフェやコンビニへ通じる通路も閉鎖されて、照明は三分の一ほどに落とされる。

オフィスに残っている人間はいるはずだが、八時を過ぎれば社員専用の別の出入り口から退社することになっていた。

榊は警備マニュアルに沿ってロビーの巡回を終え、二階、三階の飲食店へ続く通路のチェックをし、ようやく四階から上のオフィスフロアへと向かう。

最近のインテリジェンスビルだと、たいてい全館機械警備になっている。警備という意味では楽になったが、調査する側は難しくなった。一昔前のスパイみたいに、夜中にオフィスに忍びこんで、こっそりとファイルラックやパソコンをのぞきこむ、というアナログなことができなくなったのだ。

フロアや部屋ごとに社員たちの出入りが機械的にチェックされ、ふだん警備員でも中に立ち入ることはできない。共有の廊下かエレベーターホールから、ドアのガラス越しに懐中電灯でオフィス内を照らして異常の有無を確認するのがせいぜいだ。

　まあ、製薬会社あたりだと新薬の臨床データやら何やらと機密事項も多いはずだから、そのくらいのセキュリティは当然だろう。

　つまり情報収集の方法としては「人」にあたるしかない。

『榊さん、七階、十二階、全社員、退社しました』

　無線で警備室から連絡が入り、了解、と榊も返す。

　無人が確認されたフロアは廊下から集中的に施錠され、完全消灯される。警備員は立ち寄って、一応、エレベーターホールや廊下、非常口のあたりを確認することになっている。

　時刻は九時を過ぎ、ほとんどの部署は終業していたが、営業部のあるフロアはさすがにまだ人の気配が残っていた。

　日常的に人の出入りも多いので、施錠されるまでは榊も廊下から中へ入ることができる。

　明かりのついているオフィスの入り口から顔をのぞかせると、数人の社員がパソコンとにらみ合っていた。

　お疲れ様ですー、と声をかけた榊に、おぉ…、と何人かが低い声を上げた。

　もうそんな時間か、という無意識のうめき。巡回の時間はだいたい決まっており、建前にしても「残業ゼロ」が推奨されている。

「……ああ、榊君。この間はありがとう。助かったよ」

と、一人の男が気づいて片手を上げてきた。

先日、地下の駐車場で車のバッテリーを上げてしまい、榊が他の車とブースターケーブルをつないでエンジンを始動させてやったのである。

「いえ、たいしたことじゃ。バッテリー、交換しました？」

「かえたかえた。あれからすぐ」

「でも三井《みつい》さん、いつも遅くまで大変ですねー。他の方もですけど」

榊はオフィスの中を見まわし、他の社員たちを横目にしながら何気ない話に持っていく。

「今度学会とナーシングケアセミナーもあってねえ…」

「いいじゃないですか、ナースと知り合いになれて。うらやましいですよ」

「何言ってんのー。とてもそんな気力ないよ」

疲れたように三井がため息をつく。

そういえば年末の忘年会時期から連日の飲み会で、さらに新年会が追い打ちをかけ、胃を壊すＭＲが続出していたらしい。顔色の悪いサラリーマンをロビーで見かけると、ＭＲだな、と榊も察したものだ。高収入なだけに激務なのは間違いない。

「じゃ、十時過ぎるようでしたら警備室にご連絡ください」

大きく声をかけ、榊はオフィスをあとにする。

広報に経理に人事。法務部や知的財産部。薬事部に品質保証部に海外事業本部。イノベーションマネージメント部だとか、メディカルソリューション部だとか、実際のところ、何をしているのかよくわからない部署もあるのだが、ことによればそんな部署、あるいはその中の一つの課が特殊な「キャンディ」製造に関わっている可能性もある。

なにしろ部署も多く、人も多い。絞りこみが必要だが、とりあえず今はどこか引っかかる部署、あるいは人間を探している段階だった。

そして二十階——最上階は、社長などの役員室や会議室などがあるフロアになる。

ふだんからそんなに遅くまで人のいる階ではなく、左右の廊下を見まわすと部屋の明かりはすべて消えていた。

が、まだフロアは閉鎖されておらず、誰か残っているということだ。

暗闇の中で何か作業をしているとしたら、かなりあやしいのだが——。

カタン…、とかすかな物音が聞こえたのは、エレベーターホールのすぐ向かいにある会議室からだった。

わずかに身構え、榊はその部屋のドアに近づいて様子をうかがう。

——と。

「やめてください、社長…。いけません…、こんなところで」

聞こえてきたのは押し殺したような——男の声だ。

「もう誰もいないよ。月末は…、例の客が来るとまたいそがしくなるんだし、……そうだ。週末あたり、食事でも一緒にしないか？　予約しておくよ」

「そうした予約は秘書の役目だと思いますが……、残念ながら、社長にはそんな時間の余裕があるとは思えませんよ？」

「厳しいな、南雲君は」

淡々といさめる声に、苦笑する声が続く。

――マジですか……。

廊下の壁にもたれ、榊は思わず内心でうめいた。

どう聞いても社長と秘書のイケナイ情事――、だ。男同士とはいえ、あまりにも俗な、というか、絵に描いたような、というか。

とはいえ、合意であれば榊が邪魔をする必要はないし、社長にヘタに目をつけられても面倒だ。

南雲ならば、確かに社長を引っ掛けることくらいわけはないだろうし、むしろ夜の街で男を誘うよりはよほど簡単で安全で金にもなる。社長が男にまったく興味がないなら仕方がないが、どうやらそうでもないらしい。

しかし、さすがに榊は首をひねった。

――なんでわざわざ……？

社長秘書ともなれば、それなりの高給取りのはずだ。確かに昼間は堅い仕事だと言っていたが、それにしても昏酔《こんすい》強盗を働かなければならないほど、切羽詰まっているとは思えない。

ともあれ、だ。

榊がここの警備に入って二週間――遠くから見かけた程度で、まだ南雲と顔を合わせてはいなかった。もちろん、様子を見て接触するつもりではあったが。

偶然とはいえ、あの夜のことが榊にとってはいいネタになっている。悪辣《あくらつ》な言い方をすると、いい恐喝の材料だ。南雲のポジションは情報を得るには絶好であり、三万も無駄ではなかった、と言える。

どうするかな…、と考えているうちにも、中の状況は進行しているらしい。

社長の息づかいがいくぶん荒くなり始め、ガタガタとイスが動く音もする。

「南雲君、そろそろ……な？　いいだろう？」

「ダメに決まってるでしょう。会社ですよ？　誰か来たら……、ぁ…ん…っ」

軽くもみ合うような、布がこすれる音。

「大丈夫だって。……ほら、夜景がきれいじゃないか。ようやく僕の夢が叶《かな》ったんだ。高い場所から他のメーカーの社屋を見下ろせるというね。だから南雲君…、君が僕のもう一つの夢を叶えてくれないかな？」

「社長…っ、――いや……っ」

その声にさすがに少しばかり切迫した響きを感じ、ちょっと顔をしかめた榊は腰の無線機を口元に持ち上げた。

「――こちら、二十階フロア。オフィスの明かりは全部消えてるが、フロアは施錠されてない。誰か残ってる方がいますか？」

エレベーターホールの方にわずかに後退しながら、少しばかり大きな声を上げる。

その声は無人の廊下に大きく反響し、当然会議室の中にも聞こえたはずで、あせったようなガタガタッという音が聞こえてきた。

「あっ、会議室Aで物音がしましたので調べてみます。応援を——」

榊の言葉と同時に、あわてて会議室のドアが中から開いた。

「……ああ、社長でしたか。失礼しました。明かりが消えていたもので。まだしばらくこちらを使われますか?」

無線機を下ろしてことさら恐縮したふりで尋ねた榊に、高そうなスーツ姿の男がいくぶん視線を逸《そ》らしつつ咳払《せきばら》いした。

「いや…、もう出るところだ」

竹久響一《たけひさきょういち》。四十五歳。創業者の孫で、現社長だ。前社長である父親は病気療養中。

妻一人。息子と娘が一人ずつ。

……そしてどうやら、「愛人」も一人はいたらしい。

「忘れ物を取りに来ただけだったんだよ」

言い訳くさく付け足してから、竹久が引きつった笑みで後ろを振り返る。

「南雲君、悪かったね。ここじゃなかったみたいだ」

「いえ」

静かな返事とともに、何気なく喉元のネクタイを直しながら、もう一人の男が部屋を出てくる。

南雲沙貴——だ。

やはり間違いない。この間、榊をベッドに置き去りにした男。

わずかに長めの前髪を後ろに撫《な》でつけ、すっきりとしたうなじの線が艶《なま》めかしい。

透明感のある整った容姿は、あらためて見てもちりっと毛が逆立ちそうな美形だ。

女性にはアイドル的な人気がありそうだが、恋人には不向きかもしれない。そしてどちらかと言えば、男の気を誘う雰囲気がある。……本人としては無意識かもしれないが、妙な支配欲、征服欲を抱かせる。

榊から見れば——やっかいごとが多そうだな…、という印象だ。

愛人という立場に満足しているというならばかまわないのだが、純粋に仕事がしたいのであれば、この容姿はむしろ邪魔になるのかもしれない。なりふり構わず這《は》い上《あ》がる、という野心家であれば、いい武器にもなりそうだが。

この男がどちらのタイプなのか。

……いや、この社長に満足できないから、夜の街へ出て男を誘っている、のか？

榊はちょっと眉を寄せて考える。

あえて金を取るのは、後腐れなくするためかもしれない。クスリなども、妙な男を引っ掛けた時のための武器代わりとも思える。ならば榊の財布から金を抜いたのは、行きがけの駄賃というわけか。

「下に降りられますか？」

頭の中は高速回転していたが、表面上は何気なく、エレベーターのボタンを押して榊が声をかける。

ああ、ととってつけたようにネクタイを直しながら、社長がうなずいて、ぎこちない雰囲気のまま開いた扉から二人が乗りこんでいく。

「あなたは？」

ホールで立ったままの榊に、南雲が中から首をかしげて尋ねてきた。

表情が変わらないのは、薄暗い中で榊の顔がよく見えないのか、あの時のくたびれた榊の姿からは今の制服姿が想像できないのか。あるいは記憶にとどめるほどのこともなく、あっさりと忘れているのか。読めない。

「いえ、社長とご一緒では恐れ多くて。私は次のエレベーターで」

慇懃《いんぎん》無礼《ぶれい》にならないよう、にこやかに返した榊に、南雲が続けた。

「この時間だと他のエレベーターは止まっているんでしょう？　もどってくるまでには時間がかかりますよ。ご一緒にどうぞ。……よろしいでしょう、社長？」

「ああ…、もちろんだとも」

南雲の言葉に、竹久が強《こわ》ばった笑みでうなずく。

「……あー、では失礼します」

榊としてはこんな空気の中、特に一緒に行きたいわけではなかったが、まあ、少しでも社長や南雲に近づくチャンスではある。南雲としては社長と二人きりになることに気詰まりや、身の危険を感じているのかもしれない。

軽く頭を下げてあとから乗りこみ、「駐車場でよろしいですか？」と確認してから、エレベーターガールよろしく、地下一階を指定した。

かすかな振動でエレベーターがぐんぐんと下がっていく中、竹久がいかにも何気ない素振りで口を開いた。

「そうだ、南雲君。よかったら夕食につきあってくれないかな？　遅くなってしまったし、その…、探し物につきあわせたお詫《わ》びだよ」

懲りない誘いに、南雲が丁寧に頭を下げる。

「申し訳ありません。本日はまだ仕事を残しておりまして。……そういえば、奥様からお帰りは何時になるのかと、お電話をいただいておりました。本日のスケジュールでは九時半頃とお伝えしておりますが、よろしかったでしょうか？」

「そ、そうか…。いや、大丈夫だよ」

いくぶん体裁が悪いように竹久が咳払いした時、エレベーターが地下一階に到着し、扉が開く。

社長専用の駐車スペースはエレベーターに近い場所に決められており、所定の位置に運転手付きの高級車が待機していた。

待ちくたびれていたらしく、南雲が助手席のウィンドウをノックしてうたた寝していた運転手を起こし、リアシートのドアを開く。

「お疲れ様でした」

「ああ…、じゃあ、また明日もよろしく頼むよ」

丁寧に頭を下げた南雲にいくぶん未練がましい視線を残しつつ、竹久が車に乗り込み、南雲が静かにドアを閉じる。車が走り去るまで見送って、ふっとこちらを振り返った。

規則正しい靴音でまっすぐにエレベーターにもどってきて、扉から出たところに立っていた榊にわずかに首をかしげた。

「待っていてくださったんですか？」

「仕事があるとおっしゃっていたので。秘書室にご用かと」

もちろん実際のところは、南雲に探りを入れる機会を得るため、だ。

南雲がドラッグの製造に噛《か》んでいる可能性もあるから、慎重に行く必要はある。

こちらの顔を覚えていないのであれば、榊はしばらくとぼけることにした。切り札は最後まで取っておくに限る。

「口実に決まってるでしょう。……榊さん？　ありがとうございました」

さらりと答えた榊に、薄暗い中で社員証を確認して南雲がふわりと微笑《ほほえ》んだ。

小顔で、どこか華奢《きゃしゃ》な雰囲気があるせいか小さく見えるのだが、南雲は決して小柄というわけではない。ただ、一九〇近い榊とは十センチ以上も違い、胸ポケットの社員証はちょうど見やすい位置だった。

その他大勢の一警備員から名前を覚えてもらったとしたら、なかなかの進歩だ。

細い指先が前髪を掻き上げ、怜悧《れいり》な表情がやわらかくほころんで、一瞬、ドキリとする。

……すでに一度、痛い目に遭っているというのに。

なるほど、こういうギャップを近くで見ていれば、社長も転ぶだろうな…、納得した。

もし、この表情を見せるのは自分にだけだ、などと錯覚してしまったら。

人生が狂いそうだ。

だがそもそも、愛人、ではなかったのだろうか？　もしくは、焦《じ》らして釣り上げている最中なのか。

頭の中で考えながら、榊はことさら心配そうな声を出す。

「あの、……大丈夫ですか？　セクハラじゃないです？　あっと…、いえ、大人の付き合いなら別に俺が口を出すことじゃありませんが」

どういう接近の仕方が南雲には有効なのだろうか？

頭の中でシミュレートしながら、榊はとりあえず遠慮がちに言葉を口にした。

この状況なら、意外とまじめで、いざとなれば頼れる男――という感じがいいだろうか。

男でも女でも、恋愛絡みでも、単なる友人、知人の範囲でも、アプローチの方法は相手によって使い分ける。どういうタイプが一番相手の口を軽くさせるのか。どういう付き合い方が相手の信頼を得るのか。

飲みにつきあったり、仕事でかばってやったり。グチを言いたい相手ならとことん聞いてやるし、失恋や仕事上のミスを慰めてやることもある。

状況によっては、ベッドの相手になることも、だ。

とりあえず榊に、そういう意味で男女の差別はない。

実際のところ、自衛隊にいた時にも同性から告白は何度か受けたし、相手になったこともある。玲《れい》と恋人関係になる前だ。悶々《もんもん》と持て余していた時期。とはいえ、これだけの美人はあのむさ苦しい中にはいなかったし、いたらいたで、いろんな意味で大変なはずだ。

ある種のハニートラップと言えるのかもしれないが、別に榊が積極的にその手を使っているわけではなかった。とはいえ、いい仲になった相手が勝手にしゃべってくれる分には良心の呵責《かしゃく》もない。

案外、南雲のような男は、外側の殻を破れば落としやすいのかもしれないな…、という気がした。

この容姿は、他の人間から見れば恵まれていると思えるが、本人にとってはうれしいことではないのかもしれない。そのあたりの鬱屈《うっくつ》した思いが、あるいは夜の街へ出る理由かもしれないし、そのへんを汲《く》んでやることができれば、信頼は得られるだろう。

「このところ、かわすのがだんだん難しくなってきていて」

少し疲れたように、ふぅ…、と南雲が肩で息をつく。

「仕事以外でも大変そうですよね…。まあ、それだけきれいだと。……ああ、すみません」

ちょっと咳払いし、視線を逸らして榊が言った。少しばかり照れたふうに。

「いえ。あやまっていただくことではないでしょう？　褒《ほ》めてもらったんですし」

「ええ…、まぁ」

小さく笑って返された言葉に、榊は指で頬を掻く。

「でも芸能人ならともかく、こんなお堅い会社で働くには苦労も多いんじゃないですか？　その…、侮《あなど》られることも多そうですし、それこそヘンな誘いも。仕事関係だと無視するわけにはいかないでしょうから」

「どんな仕事でも苦労はありますから」

指先で乱れた髪を耳にかけながら、かすかに微笑んでうつむいた淋しげな南雲の横顔に、ふっと胸がつかまれる。

まさに、魔性——だ。守ってやりたい、自分が守らなければ、という気にさせる。

危険だな…、と榊は反射的に腹に力をこめた。いや、そうしなければうかつに下半身が反応しそうでもある。

「ええと…、何か俺にできることがあれば遠慮なく言ってください。さすがに社長をぶん殴るとかは無理ですけど。まだクビになりたくないし」

軽口のように言った榊に、南雲が顔を上げて喉で笑った。

「自分の顔はあまり好きではありませんけど、でもこの顔のおかげで社長には本社に呼んでもらえたわけですしね。給料もずいぶんと上がりましたし」

「南雲さんの実力でしょう。とても有能な方だと聞きましたよ。才色兼備って…、ああ、男に使う言葉じゃないですかね？」

明るく言った榊の顔を、南雲がふっとのぞきこんでくる。

「榊さんは私の顔、お好きですか？」

わずかに身を寄せて聞かれ、吐息が首筋に触れそうで、さすがにドキリとした。

「えーと、嫌いな人はいないんじゃないですか？」

「観賞用として？　それとも…、榊さんは私をそういう相手として見られるタイプですか？」

何気なく胸に触れてきた手のひらが、ひどく熱い。

「あー…、そうですね」

ちょっと展開が早くないか？　と驚きつつ、一瞬、答えを迷った榊に、南雲がわずかに顔を伏せ、……くっ、と喉で笑った。

「あなた…、結構なタヌキですよね、榊さん」

「え？」

そんな言葉とともに指先で軽く胸を突かれ、……一瞬、何を言われたのかわからなかった。信楽焼《しがらきやき》のタヌキが頭に浮かぶ。

「食えない男だということですよ。さっき上で…、私と社長との話、しばらく聞いてましたよね？ドアの外で」

気づいてたのか、と榊は内心で小さくうめいた。そしてなかば開き直って口にする。

「……だったら、そういうあなたはキツネですね」

社長に言い寄られて困惑しているふりで——意外としたたかな。

自分の容姿を利用するやり方を知っている。案外、社長の方が手玉にとられているのかもしれない。

早すぎるが、ここで切り札を使うしかなかった。

「どうして誘いに乗らないんです？　夜の街で客を探すより、社長の愛人になった方が簡単で安全に金が入るんじゃないんですか？」

核心を突くその言葉に、南雲がスッ…と目をすがめた。

「何のことです？」

感情もなくとぼけて見せる。

「色っぽい鎖骨のほくろ」

腕を組んで後ろの壁にもたれ、にやりと笑って榊は指摘した。

さすがに南雲の眼差《まなざ》しが鋭くなった。

「……私のことを調べてここに来たんですか？」

それでも、往生際は悪くないらしい。

「まさか。偶然だよ」

正直に榊は答えたが、胡散臭《うさんくさ》そうな目が見つめてくる。

実際に偶然だったが、まあ、そうは思えないのも無理はない。

「あの時使ったクスリはタケヒサ製？　びっくりするよな。一流会社のやり手の社長秘書が、夜の街で男を引っ掛けて昏酔強盗とはね」

三流のチンピラみたいな脅し文句だな…、と我ながら思うが、とにかくこれを情報に近付く足がかりにするしかない。

しばらくじっと榊をにらんでいた南雲だったが、やがてふっ…と唇で笑った。

「誰かに言ってみますか？　どちらを信じると思います？　一介の警備員のあなたと、社長秘書である私と。あなたが私を陥れるためにそんな話をでっち上げたのだ——、と訴えることもできますよ？ああ…、なんでしたら、以前からあなたにストーカーされていたとかいうエピソードでもつけましょうか？」

その鮮やかな反撃に、うっ、と榊は言葉につまった。

……やられた。まったくその通りで、ぐうの音《ね》も出ない。

そうでなくとも社長のあの様子では、真実がどうであれ、南雲の言い分をとるだろう。

榊は思わず額を押さえた。

スッと近づいてきた南雲が淡々とエレベーターのボタンを押し直すと、閉まっていたドアが開き、パッとあたりが明るくなる。

「なぁ、三万だけでも返してくれない？」

エレベーターの中へ入った南雲に、情けなく榊は懇願してみた。

南雲が冷笑を返す。

「私のキスには、その程度の価値はあると思いますが？」

「高いな…」

腕を組み、うなるように言って榊は顔をしかめた。

「価値観の違いですね。では、お疲れ様でした」

エレベーターのドアが閉じ、真っ暗な駐車場に榊一人が取り残される。

ハァ…、と思わず深いため息がもれた。

……甘く見すぎていたらしい。

初回はものの見事に敗退した。

巻き返す策を考えなければならない。

どうにかして、あの取り澄ましてお キレイな顔をメタメタに泣かせ、怒らせ、ぎゃふんと言わせてやる。

困難さは増したわけだが、なぜだか妙に楽しい思いが胸に湧き上がっていた――。

6

それから数日たったこの日、榊《さかき》は日勤だった。

ビルが就業時間中の勤務の場合、巡回の他にロビーや出入り口付近での立ち番なども仕事になる。

午前中の巡回を終え、榊はいったん昼休憩に入っていた。

警備室のロッカールームでコンビニ弁当を食ったあと、三階フロアの屋外部分にある喫煙コーナーへタバコタイムに出る。

製薬会社ではあるが、喫煙者は何人かいて――まあ、医者の不養生みたいなものだ。ストレスの多そうな職場でもある。もちろん、ビルを使う他の客の用途もあるのだろう。

しかし真冬のこの時期、さすがにふきっさらしのテラスへ出てくる人間は多くない。

製薬会社だけに敷地《しきち》内の庭や花壇には薬草になる樹木や草花が植えられていたが、このテラスも壁面緑化の一環か、夏場は緑のカーテンに覆われるらしい。今の時期はせいぜいが椿《つばき》だかサザンカだかの植えこみくらいだが、自然に配慮したテラスで喫煙というのも皮肉な話だ。

榊はタバコをふかしながらほぼ垂直に顔を上げ、ぼんやりとビルのてっぺんあたりを見上げてみる。

社長室のあるあたり。

あれから南雲《なぐも》が何か言ってくるか――社長に密告して人事に圧力をかけるとか？　――とも思ったが、とりあえずそんな気配はなかった。様子を見ているのか、歯牙にもかけられていないのか。

まあ、南雲にしても榊がおとなしくしている以上、ことさら騒ぎ立てると逆効果だ。タイミングをみて追い払うつもりかもしれない。

榊も本来の任務に関して、この一週間ばかりあちこちうかがってみたが、これといった成果はなかった。やはりもうちょっと内部に近づかないとな…、とわかってはいる。

問題はそこまでどのルートで行けるのか、ということだ。

残念ながらなのか、当然なのか、あれ以降、南雲と接する機会はなかった。たまに社長に随行してロビーを移動する姿を見かけるくらいだ。

榊が立っていることを知ってか知らずか、視線一つよこすことはなかったが。

さすがにこれ以上、南雲に近づくのは放り出されそうでまずい気もするが、しかしせっかくのネタを捨てるのも惜しい。あえて仕掛けてみるというのも一つの手だが——難しそうなら次善の策で、他の秘書室の人間に積極的に接近してみるか、と考えていた。

秘書室の女性が一人、榊に興味を示しているらしく、このところよく話しかけてきていた。

社長の叔父——だったか、副社長の秘書をしているので、何か周辺の情報を引き出せるかもしれない。

「おーい、榊、コーヒー、いるか?」

と、ふいに覚えのある声が聞こえ、ふっと振り返ると同じ警備員の制服に身を包んだ男が紙袋を手にテラスへ出てきたところだった。

西峯《にしみね》だ。

おー、と榊はタバコを挟んだ指を上げた。同時にさりげなくあたりを見まわして、他に人がいないことを確認する。

西峯もコートのポケットに片手をつっこみ、何気ない様子でぶらぶらと近づいてきて、手提げ袋から隣接するカフェの紙コップを差し出した。

「気が利《き》くな。おごりか？」

「ツケとく」

渡されたコーヒーでほっこりと指を温めながら尋ねた榊だったが、あっさりと返されて、チッ、と舌を弾《はじ》く。

「なんだよ」

「おまえにおごる理由はないからな」

涼しい顔で言ってから、西峯も榊の横で自分の紙コップを取り出した。

健康的にタバコは吸わない男なので、ここへは榊に話があってきたわけだ。

西峯は榊よりもひと月ほど早く警備会社に入社していた男で、年は同じ。まあ、同期と言っていいだろう。

やわらかそうな癖毛と、いくぶん甘めのマスクの優男《やさおとこ》で、それでいて長身で細マッチョと言うのか、弱々しさはない。しなやかな強さがにじみ、どうやらビルのＯＬさん方には結構な人気だという。警備員のかっちりとした制服も、なんとなくスタイリッシュに似合っているのが、ちょっと憎たらしい。

榊みたいなワイルド系と、西峯のようなマイルド系？　とでも言うのか、ほぼ日参しているカフェ

の従業員たちには派閥ができているらしいが、……この男だって決して草食系ではない。

西峯はメリッサの連絡員だった。榊のバックアップでもある。以前にも二、三度組んだことがあり、気心は知れていた。

「どう？　調子は」

横に並んでビル風を避けて壁にもたれ、何気なく尋ねる。

聞いているのはもちろん、警備の仕事ではない方だ。

「進展ねぇな」

ため息まじりに答えた榊に、西峯が一つうなずく。わかっていたことだろう。

そもそも産業スパイに対する警戒も厳しい業種だけに、オフィスにも人間にも、入りこむ隙を見つけるのは難しいのだ。危機管理が行き届いている。悪いことではないのだが、探る立場になると面倒だ。

「まぁ…、社長はボンボンのくせに野心家らしいってのと、そのくせ脇が甘くて、今は南雲さんにかなり入れこんでるってのと、副社長とはうまくやってて、それぞれに可愛がってる幹部はいるみたいだが派閥ってほどのもんはない。今の経営は順調。で、南雲さんはやり手で秘書室長は買ってるが、古参の永井《ながい》女史あたりはおもしろくない。秘書室内ではそのうち、南雲派と永井派ができるかもな」

「うわー。ドロドロしてそー」

西峯が茶化すような声を上げる。

「あー、そうだ。南雲さんについて、ちょっと経歴とか背後関係、調べといてもらえるか？」

「なんだ？　興味あるのか？」

　何気ない様子で依頼した榊に、おもしろそうに西峯が聞き返す。

「ていうか、この時期、突然抜擢《ばってき》されたってのがな…。キャンディが出回り始めたのが、四、五年前だっけ？　一朝一夕で生産体制や販売ルートが作れるわけじゃねぇし、どっぷり関わってるならもっと前から社内にいてもおかしくないが、前の人間から仕事を引き継いだのかもしれない。もしくは取引先から送りこまれた可能性もある」

　もっともらしく解説してみたが、半分は方便だ。

　昏酔《こんすい》強盗に遭った、などとはさすがに恥ずかしくて口にできない。「プロ」の同僚相手ならなおさらだ。

「了解。ちょっと楽しそうだ」

　にやりと笑って西峯がうなずいた。

「まぁ、会社のラインをちょろまかしてキャンディを作れそうな力があるのは、社長と副社長をのぞけば、本部長クラスの人間か、工場か研究所のトップ、販売ルートを持ってんなら営業か渉外か調達部か…。そのあたりのどこかが関わってんだろうが、ただ、誰がどこまで関わってんのかとなると、もうちょっと踏みこまないことには判断しようがねぇな。どこかにルートの全容がわかる帳簿かデータはあるはずだが」

　それを持ってそうな人間を当たるためにも、絞りこみが必要なのだ。

　愚痴にも似た榊の言葉に、西峯が一つうなずく。そして、コーヒーを一口飲んでからぽつりと言った。

「海外ルートはおそらく、ラドナムが関わってる」

その言葉に一瞬、息を詰め、榊はわずかに目をすがめた。

「ラドナム、か…。やっかいだな」

武器や臓器売買の仲介から、要人暗殺、ドラッグの密輸まで、国家ぐるみで犯罪を請け負って荒稼ぎしている――疑いがある、国だ。後ろ暗いだけにもちろんメリッサに加盟しておらず、これまでメリッサが調査した多くの国家的な犯罪の影にその存在がチラチラとしているのだが、なかなかしっぽがつかめないでいる。もともと租税回避地《タックスヘイブン》だけに、秘密も多いし、情報も集めにくい。

「だとすると、稼いだ隠し財産なんかもそっちにあるか…」

日本国内でいくら洗い出しをしても引っかからない。

「そのラドナムから来週、客が来るようだ。社長と会見の予定がある」

西峯がさらりと言った。

「新しい取り引きか?」

「フランチャイズ」

「フランチャイズ?」

榊は思わず繰り返した。

「今のところ、キャンディはすべて日本で作られている。製造がタケヒサで、流通がラドナム」

そして卸《おろし》がどこか大手の犯罪組織だ。そこから小売りの売人へと流れていく。

それはわかる。

「その廉価版キャンディ工場を新しく北米にぶっ建てようってことで、現地では建設が始まっているらしい」

「廉価版？」

わずかに眉を寄せて、榊は聞き返した。

「合成麻薬の世界でも、メイド・イン・ジャパンはブランドなのかもな。うまい棲《す》み分《わ》けだ」

それに西峯が薄く、皮肉めいた笑みを見せる。

「CCは案外高い。今のユーザーの多くがアッパークラスだからな。そのハイになる成分をちょっと抑えて、値段を安くする。そうすると、若い連中にもばらまける。どうやら中毒性も高くなるみたいだしな。その大量生産の体制を整えたいんだろう。今度の来日は、おそらくその契約を詰めるためだ。ああ、それと新製品の品定め？　サンプルを持ち帰って、またどこかで実験する気だろうな」

「マジかよ…」

口元を押さえ、榊は低くうめいた。

それは……何としても阻止しなければならない。

「だったらその客が来るまでに、どうにか糸口が欲しいな…」

なかば独り言のように榊はつぶやいた。

「本部がちょっと仕掛けるってさ」

やはり榊が考える程度のことは、本部でも手を打っているわけだ。

が、榊は首をひねった。

「何を？」

「それはお楽しみ」

おもしろそうに視線を返した男に、榊は顔をしかめた。

「……ってなぁ。俺にも対処のしようがあるだろうが」

そんな、いきなり仕掛けられても。

「わかってないところがリアリティなんだろ。その場で反応できない素人でもあるまいし」

あっさりとそう言われると、反論の言葉もない。

「うまくやれば一気に上の信用を得られるはずだ。しくじるなよ」

それだけ言うと、ポンと榊の肩をたたき、西峯がカップを手にしたまま寒そうに肩をすぼめて中へ入っていく。

その背中を見送り、榊はグッとコーヒーを飲み干した。

誰か…、上の重役クラスに取り次いでくれそうな人間と接触できたのか、そういう出会いを演出されるのか。

仕掛けてくる——と言われてもどういう仕掛けなのかはわからないが、それなりの心構えがいりそうだった。

南雲が邪魔をしてこないかな…、という懸念はあるが、しかし近づけるものなら、もう一度食らいついてみたい。

あのきれいな顔の裏の本性を暴いてやりたかった。

単に社長の愛人の座を狙っている女狐《めぎつね》なのか。

しかしそれなら、すでにあれだけ社長の方が入れこんでいるわけだから簡単に手に入りそうなものだ。簡単になびかない様子を見せるあたりが手管なのか。

あるいは、別に目的があるのか……?

そんな気もするのだ。

キャンディに関わっていなかったとしても、産業スパイ——というセンはあるかな、と榊は頭の中で可能性を考える。

ハニートラップは古典的で通俗的な手法だが、やはり効果的で金がかからない。

金が必要なのが本当なら、ライバル社に雇われて、というのはあり得るセンだ。

ちらっと時計を見ると、そろそろ休憩時間も終了だ。

紙コップを握り潰してゴミ箱に入れ、榊もいったん警備室へもどる。

「ああ、榊さん、今から正面ロビーでしたか?」

と、管理課の里崎《さとざき》がいて、勤務表を見ながら確認される。

タケヒサ本社の人間がいるせいか、昼間の警備室はいくぶんピシッとした空気が流れていた。さすがに夜間と違って机の上にスナック菓子や俗な雑誌のたぐいはない。

「あ、はい。そうです」

「西峯さんがエレベーター前、斉藤《さいとう》さんがロビー奥通路ですね。本日は午後からセミナーで本社を訪れるお客様がいらっしゃいますので、失礼のないようによろしくお願いします」

無表情なままに指示され、わかりました、と榊もまじめな顔で返す。

西峯は素知らぬ顔で、了解です、とさわやかに答えて無線を取り、斉藤もはい！　と声を上げつつ、榊に向かって、おたがいにお疲れです、と言いたげな笑みを見せる。

ロビー正面は入り口に近いだけあって扉が開くたびに風が吹きこみ、この時期はちょっとつらい。制服の上にジャンパーを着込んではいたが、暖かさに関しては少しばかり心許《こころもと》ない。

交代時間の十分ほど前に榊はロビーに出て、当番だった花江《はなえ》と代わった。

「おー、次、榊君か。今日は寒いよー」

近づいていく榊に、花江が手をこすり合わせながらうれしそうに声を上げる。

ふだんはできるだけこういった場所での警備は避け、警備室のモニター前を死守している男だったが、今日は里崎が顔を出していたせいだろうか。めずらしく率先してこの場所へ入ったらしい。

「お疲れ様です。交代です」

ちょっと制帽に手をやって頭を下げた榊に、よろしくね、と花江がほくほくと奥へ入っていく。

それを見送って、榊は入れ替わりに正面入り口の脇に立った。肩幅に足を広げ、後ろで片方の手首を握って。

何もすることなくじっと立っているだけなのは決して楽ではないが、慣れてはいる。自衛隊時代でも、メリッサへ移ってからも、現場待機のまま数時間というのもめずらしくない。

出入りする客たちにとっては、ドアの横の警備員などは透明人間同様に存在感がなく、ほとんどが目もくれずに足早に通り過ぎるだけだ。

やはり一日中受付にいる女の子とか、配達を頼まれたらしいカフェの店員とかの視線を時折感じるくらいだった。

制服姿だとみんな同じに見えるのだろう、顔見知りの社員もほとんど素通りだったが、たまに気づいた人間がちらっと声をかけてくれる。

秘書室の――副社長秘書の永井麻奈美《まなみ》というOLが数人の、後輩社員らしい女の子たちと連れだって入ってきて、どうやらランチ帰りのようだった。

三十歳の麻奈美は課内ではそこそこの中堅らしく、とりわけ女性秘書では年長の方になる。悪く言えば、お局《つぼね》様といったポジションだ。

しかしさすがに容姿のレベルは高く、学歴も高く――それだけに、南雲に対してはいささか思うところがあるようだった。

一、二度、カフェでかち合っておたがいに駆け引きめいた話をし、携帯の番号も交換していたが、結婚は見定めた確実な相手と、しかし独身のうちは思いきり遊びたい、というアグレッシブな肉食女子で、榊などはその「遊び相手」としてターゲットに入っているらしい。

「あら、今日は榊さんなのね」

軽くウェーブのかかった長い髪を掻《か》き上《あ》げ、タイトスーツ姿の麻奈美が微笑《ほほえ》んだ。

「ええ。さっき代わったばかりです」

榊の方もにっこりさわやかに返す。

「じゃあ、今日は日勤なのね。……あら、ごめんなさい」

何気なく言いながら、麻奈美が持ち替えた弾みで手にしていた財布を足下に落とす。

拾おうと同時にしゃがみ込んだ瞬間、「今夜、飲みにいかない？」と小さくささやいてきた。

「もちろん、美人からのお誘いは断りませんよ」

榊の方も小さく答え、どうぞ、と素知らぬふりで拾い上げた財布を手渡す。

「ありがとう」

いくぶん意味ありげな眼差《まなざ》しで榊を見上げてきた麻奈美に、榊はさらりと口にした。

「永井さんのお役に立てれば光栄です」

それに、きゃっ、と後ろで待っていた女の子たちが小さな歓声を上げた。

少しばかり乙女心をくすぐるセリフだ。

後輩の女子の前で虚栄心を満たせれば、彼女としては悪い気はしないし、その分、榊との時間で口が軽くなってもらえればありがたい。

「口がうまいのね。警備員にしておくにはもったいないみたい」

クスクスと笑って、あとで電話する、と唇だけで言うと、スッと離れていく。

その背中を見送っていると、ちょうど彼女たちが向かったエレベーターの脇に立っていた西峯とふと目が合った。

相変わらず調子がいいな、とでも言いたげに、にやっと笑う。会話が聞こえていたはずもないが、何かのやりとりがあったのは気づいていたのだろう。

その後はしばらく立ちっぱなしで出入りする人間を眺めるだけだったが、一時間ほどたった頃、竹《たけ》久《ひさ》社長——と、他数名がぞろぞろとエレベーターから降りてきた。

どうやら客を見送りにきたようだ。そのあとそのまま外出するのか、南雲が三歩ほど後ろに、さらに別の、四十代後半くらいの秘書がついている。確か、野中《のなか》とかいう秘書室長を務めている男だ。その後ろには、アジア事業本部長の芳原《よしはら》、だったか。

「……それでは、どうかよろしくお願いいたします」

「失礼します」

と、年配の男と談笑しながらロビーの真ん中あたりで挨拶《あいさつ》をして別れた社長が、その場で立ち止まったまま、野中と何か難しい顔で話し始める。

「南雲君、車を。ああ、正面にまわしてくれ」

そしてふいに振り返って指示を出し、はい、と淡々と答えた南雲が携帯電話を出してどこかにコールする。地下の駐車場だろう。

榊はそれを横目にしながら、客が出ていったあと入れ違いに入ってきた一人の男に、ふと目をとめていた。

中肉中背の、ブルゾンにニット帽とマスク姿の男。真冬のこの季節ではさほど違和感はないのだが、その様子はどこか引っかかった。年がよくわからないが、四十代くらいか。

スーツ姿でないのでおそらくタケヒサの社員ではなく、客でもない。通りに面したカフェの客がわざわざビルの中に入ることはないが、二階か三階フロアの店舗の客ということは、まあ、あり得る。

だが男はどこか落ち着かない様子できょろきょろとあたりを見まわし、ロビーの両端にある、二階、三階へと続くエスカレーターに向かおうとはしない。

ちらっと奥のエレベーターに目をやり、迷うように玄関脇の受付の方に視線を移してから——ようやく、それに気づいたようだった。

ロビーの一角で立ち話をしていた、社長たちの一団。

榊は直立したまま男から目を離さずにいた。

すると、その男の動きがふいに止まったのがわかる。

まるで吸いよせられるみたいに社長たちの方を凝視したかと思うと、いきなりポケットに片手をつっこんだ——

その瞬間、榊は走り出していた。

——まさか、今日かよ…っ！

と、心の中でつっこみながら。

その次の瞬間、いきなりロビーが煙に包まれた。発煙筒だ。

何だっ？　とあせった声や、きゃぁぁぁぁっ！　と甲高い悲鳴もあちこちで上がる。反射的に、それぞれがバラバラの方向に逃げる乱れた足音がロビーに響く。

「竹久っ！　おまえが裏で作ってる薬のせいでな……、俺の息子は死んだんだよっ！」

その混乱の中で、男はさらに二本目、三本目と発煙筒を放り投げながら、喉が裂けんばかりの怒鳴り声を張り上げた。

「おいっ、何だっ？」

「か、火事か…⁉」

しかし悲痛な男の声も、パニックの中でまともに届いている人間の方が少ない。

うろたえてあたりを見まわし、必死に逃げ道を探そうとしていた社長や秘書室長の姿も、あっという間に煙の中に紛れてしまう。

「てめぇも殺してやるっ、竹久…っ！」

視界のない中で聞こえる男の怒号に、わぁぁぁぁぁっ、と竹久の悲鳴が響く。煙の中で、すでにどこへ逃げていいのかもわからないようだ。

「社長っ！」

南雲のあせった声が混乱した雑多な悲鳴の中でも確かに耳に届く。

そして白い煙の中に飛びこんだ榊は、そのまま押し倒すようにして竹久の身体に覆《おお》い被《かぶ》さっていた。

視界はきかなかったが、煙に巻かれる前の位置は確認している。

そして床に倒れた次の瞬間、ぶんっ、と頭上で何かがかすめる音が空気を震わせた。

ナイフのようだ。狩猟用くらい大きい。

「――ハァ…っ！」

煙の隙間に一瞬、刃先で開けた空間に、榊は床に片膝をついた体勢から間髪を容《い》れず蹴りを繰り出す。

狙いは違わず男の手首を強打し、手にしていたナイフが吹っ飛んだ。

「くそ…っ、……くそっ、どこだっ！」

ナイフを探しているのか、竹久を探しているのか、蹴られた勢いであとずさった男の影が煙の中で錯乱したように吠《ほ》えている。

「——警備室！　ロビーのドアと窓を全部開けろっ！」

西峯の無線に叫ぶ声が聞こえる。そして、ロビー中に大きな指示。

「大丈夫です！　火災ではありませんっ！　落ち着いて…、その場を動かないで！」

「さ…榊さんっ？　榊さん！　——げほっ…、だ、大丈夫ですかっ⁉」

そして駆けつけてきたらしい斉藤の声。

真冬だったが、ロビーの玄関だけでなく、二階、三階の窓も警備室から手動スイッチで開放されたらしく、一気に冷気が流れこんでくる。

空気が通ったせいか、わずかに晴れた煙の中で、榊はとっさに体勢を立て直し、落としたナイフを拾おうとしていた男の肩を蹴り上げた。

「ぐわぁ…っ」

低いうなり声を上げて大きく後ろへ反り返した男の片腕を引き、がっちりと床へ押さえこむ。

「くそ…っ、放せ…っ！　ふざけるなよっ」

必死に暴れながらわめいた男が、ちらっと一瞬、榊を見上げた。

感情的にわめく声とは裏腹に、その眼差しは冷静だった。

——やはり、この男が本部が送ってきた「仕掛け」のようだ。手加減なしでやってしまって、少しばかり気の毒な気もしたが、それもこの男の任務だ。それほどヤワでもないだろう。

その頃にはだいぶん煙も消え、ロビーにいた人間がおそるおそるこちらを遠巻きにしていた。

「社長…！　社長っ、大丈夫ですかっ？」

南雲があわてて榊の後ろで倒れこんでいた竹久を抱え起こす。

「あ…、ああ、だ、大丈夫だ…」

ようやく我に返った竹久が自分の情けない状態に気づき、よろよろと立ち上がった。

「榊さんっ」

「ああ…、こいつ、ちょっと押さえててくれ」

引きつった顔で走り寄ってきた斉藤に、榊はいったん男を引き渡すと、ビビりながらも斉藤がその男の腕をつかみ、急いで集まってきた他の警備員三人ほどと取り囲んで拘束した。

その頃には男も放心したようにだらりとうなだれている。——ふりをしている。

「ケガ人はっ？」

西峯が大きく見まわして確認したが、どうやらいないようだ。

ホッとした空気が流れた次の瞬間、うわぁっ！　と高い声が上がったかと思うと、いきなり斉藤たちの腕が振り払われ、一人は巧みに足をかけられて床へ転び、男が包囲から飛び出した。

「おいっ、待て…！」

まわりにいた警備員たちがあわてて追いかける。……が、多分、追いつけないだろう。

「警察、呼んでください」

南雲たちの方を振り返って叫んだ榊に、ハッと社長が表情を変えた。

「い、いや、待てっ」

「社長？」

携帯を取り出していた南雲がいくぶん怪訝《けげん》そうに聞き返したが、竹久はあわてて首を振った。

「その必要はない…っ。実害はなかったんだ。騒ぎにはしたくない」

落ち着かない眼差しのまま、竹久が指示する。

なるほど、うかつに警察などに立ち入られたくない、ということらしい。つまり後ろ暗いことがあるわけだ。

さっき男の口走った——あえての揺さぶりだったはずだが——「おまえが裏で作ってる薬」に敏感に反応したのかもしれない。

外にはもれていないはずだ、という認識だと思うが、それでも万が一、を考えないはずもない。だとすると、やはり社長自ら関与していることになる。

「何の騒ぎですか、社長？」

たまたまなのか、騒ぎを聞きつけてなのか、竹久副社長がエレベーターで降りてきた。秘書の麻奈美もいくぶん強《こわ》ばった顔で同行している。

火災なら実際にヤバいわけで、数台あるエレベーターから次々と人が吐き出されていたが、警備室の方から館内放送が流され、そのまま引き返していく社員たちも多い。

「ああ…、叔父さん。いえ、大丈夫ですよ。ちょっと…、暴漢に襲われましてね」

社長が苦々しい口調で答えている。

「暴漢？」

さすがに副社長の表情も険しくなる。

「いえ、ただの逆恨みでしょう。こういう仕事だとよくあることですよ。薬が効かなかっただのなんだのと」

「ケガはなかったのか？」

「ええ、大丈夫です」

引きつった顔のまま、ホコリを払うようにスーツの裾を軽くたたいてから、ようやく社長はその「命の恩人」を思い出したらしい。

「……ああ、君、警備の。いや、助かったよ、ありがとう」

笑みを浮かべて榊に近づいてきた。

どうやら数日前に情事未遂を目撃した男だとは気づいていないらしい。やはり制服マジックなのか、あの現場が薄暗かったせいなのか。まあ社長くらいになると、いちいち警備員の顔など見てもいないのだろう。

「いえ、ご無事でよかったです」

さらりと返した榊に、社長が親しげに腕をたたく。

「いや、この礼はまたあらためてさせてもらうよ」

「それが仕事ですから」

答えながらちらっと社長の少し後ろに立っていた南雲を盗み見ると、思いきりまともに目が合ってしまった。

しかし軽く鼻で笑うようにされて、少しばかりカチンとくる。

かまわず、南雲はエスカレーターの下のあたりへ近づいた。

「大丈夫ですか、室長？　芳原部長も」

どうやら混乱の中、反射的に逃げ込んだのか、隠れていたのか。重なるように男二人がうずくまっていた。

「あ、ああ…、大丈夫だよ…。驚いたね」

引きつった愛想笑いみたいなものを浮かべながら、野中がようやく立ち上がる。

「いや、まいったな…」

そして大きく安堵の息をついた部長が、ハッと何かに気づいたようにあたりを見まわした。

「カバン…！　私のカバンはどこだ…っ？」

「え？」

と南雲が怪訝そうに首をかしげる。

「どこか…、そのへんに落ちているんじゃないですか？」

野中はあらためて足下の自分のカバンを確かめ、あたりを見まわす。

榊もざっとロビーを見渡した。

発煙筒の煙はもうほとんど消え、社員や二、三階の店舗から出てきていた従業員や客たちも、ぞろぞろともとの場所にもどりかけていた。逃げた男を追いかけていた警備員が、玄関前であきらめきれないようにうろうろしている。

と、何気ない様子で二階のフロアへエスカレーターで上がっている男に、榊は目をとめた。

スーツ姿だったが、いくぶんくたびれた感じで、そして小脇にビジネスバッグを抱えている。

あれか、と直感した。明らかにまわりと雰囲気が合っていない。

いわゆる、火事場泥棒というやつだ。

「……あれも仕込みか？」

いつの間にか隣に立ち、同じ方を見ていた西峯に小声で尋ねる。

「聞いてない」

短く西峯が答えた時、その男がエスカレーターの上の方から、ちらっとロビーを見下ろす形で振り返った。

そして榊と目が合った瞬間、一気に走り出す。

「――おいっ、そいつ！」

声を上げると同時にダッシュした榊は、動く手すりを飛び越え、そのままエスカレーターを駆け上がった。

西峯は何も言わずに正面のドアからロビーを飛び出す。二階からも外へ通じる出入り口はあり、そちらへ回るのだろう。

男の足はなかなか速かったが、挟み撃ちにされたことで動揺したらしい。

逃げた先の方から西峯と、異変を察した警備員があと二人ほど向かってきている。

「くそ…っ」

低く吐き捨て、男はプロムナードから続く外階段の方へと走り出す。榊はその上のテラスへ出ると、階段に面した柵に手をかけ、一気に踊り場へと飛び降りた。

軽く二階建てくらいの高さはある。それこそ逃げる男の目の前にいきなり降ってきた人間に、「うわぁぁぁっ！」と男が悲鳴を上げる。

つんのめるようになった男の足を払い、体勢を崩したところを肩から地面へ押さえこんだ。

階段の上から様子を見て、いくぶんペースを落として近づいてきた西峯が、男の手から飛ばされていたカバンを拾い上げる。

「うわ…、すごいな、榊さんっ。ひょっとしてレンジャーか何かっすか？」

息を切りながら一緒に追いかけてきた斉藤が、目を丸くしてうなった。

「こいつは突き出せそうかな？」

苦笑いしつつ、榊は西峯に尋ねる。

「多分な。……一応、意向を聞いてからだが」

カバンの汚れを払いながら、ちらっと後ろを振り返って西峯が答えた。

芳原部長や、どうやら社長までも気になったのか追いかけてきていた。南雲もそのあとから姿を見せる。

ちらっと何か探るように榊を眺めた眼差しが、胡散臭《うさんくさ》そうでもあり、どこか挑戦的でもあり、ちょ

っとゾクゾクした。

待ってろよ――、と榊もまっすぐに見つめ返す。やられっぱなしでいるつもりはない。

「これ、部長にな」

その間に、あっさりと西峯が斉藤にカバンを譲り、斉藤があわててそれを持っていく。

「……どうにかなりそうかな？」

男を引き立たせながらにやりと尋ねた榊に、西峯が肩をすくめた。

「なってくれなきゃな」

7

「ホント、すごかったわ、榊《さかき》さん。今日は大活躍だったもの」

スツールの上から、麻奈美《まなみ》が何気ないふりで豊かな胸を榊の肩に押し当ててくる。

「たまたまですよ。そのための警備ですしね」

謙遜したように返しながらも、榊もことさら胸のやわらかな感触を押し返すことはしなかった。それでも気にしていいない素振りで、ハイボールに手を伸ばす。

夜の十時――。

あの騒ぎのあと、実害がなかったこともあってすぐに社内は平静を取りもどし、通常の業務にもどっていた。

捕まえた男の方は、オフィスの奥で話を聞かれたようだが、警察が呼ばれた気配はなかった。単に金や貴重品目当ての、騒ぎに乗じたコソ泥らしい。

警察に引き渡してもよかったのだろうが、捕まえるにいたった経緯を説明するとなると、言いたくないことまでしゃべらなければならなくなる。

とりわけ「裏で作っている薬」のくだりだ。

結局、どちらの案件も被害届は出さずに終わりそうだった。

そして仕事帰りの麻奈美からさりげなく渡されたメモに、八時半という時間とショットバーの場所が記されていた。

そこから流れて、このバーは榊が案内した二軒目だ。都会的な洗練された雰囲気で、おそらく麻奈美の好みに合っている。

榊は定時で仕事を終え、軽く食事をしてから、少しばかりこざっぱりした服に着替えておいた。麻奈美が連れて歩くのに、野暮な格好だとおそらく次はない。気に入っていただく必要があった。

麻奈美の方は、やはり騒ぎのせいで少し残業になったのか、服は仕事帰りといったスーツ姿だったが、左手にはハイブランドの高価な時計がはめられている。会社では見かけたことがなかったから、アフターファイブ用だろう。持っているバッグも一目でわかるブランドものだ。さすがに副社長秘書ともなると、給料もいいらしい。

「やっぱりもったいないわよ。ただの警備員だなんて」

「潰しがきかないんですよ、元自衛隊員なんて」

「でも訓練のおかげか、カラダはいいわよね」

くすくすと笑って、無邪気なふりで榊の二の腕や胸のあたりまで触れてくる。偶然のように、カウンターの下で膝が腿《もも》に当たる。

おたがいにいい大人だ。二人で飲みに来た時点で、あとの流れは口にしなくとも察しているわけだ。

もちろん、麻奈美にとって自分がつまみ食いにちょうどいい相手だということも含めて。

「永井《ながい》さんの好みなら、入隊した甲斐《かい》がありますけどね」

「守ってもらえそうで頼もしい」

麻奈美の手が榊の膝から太腿にすべり、さらに内腿までなぞってくる。

自分に自信があり、榊の方もその気だということに疑いがない。

しかし何気ない麻奈美の言葉が、ふっと鋭く榊の胸を刺した。

自分は――大切な人間を守れなかった男だ。

もう誰かを守る資格があるとは思えない。

内心の思いを押し殺し、あからさまな誘いに榊はちょっと麻奈美の顔をうかがうようにして尋ねた。

「や…、でもいいんですか？　俺、副社長から目をつけられたくないですからね…」

「バカね、あの人と私が何かあると思ってるの？」

麻奈美がわずかに目を見開き、噴き出すようにして聞き返す。

「そりゃあ、だって……秘書ってなんかエロい響きですからね。想像しちゃいますよ。麻奈美さんみたいな美人がそばにいて、その気にならない男がいるとは思えませんしね」

「榊さん、ホントに口がうまいわね。自衛隊員なんてもっと無骨なイメージなのに。自衛隊員じゃなくて、前はホストだったんじゃないの？」

きゃらきゃらと笑って言いながらも、まんざらでもなさそうだ。

「副社長とは本当にビジネスだけの関係よ。……まあ、あの人に他に女がいないとは言わないけど」

軽く耳のあたりで髪を掻《か》き上《あ》げながら、さらりと暴露する。

まあ秘書なら、そのあたりの「管理」もしているのかもしれない。

副社長を「あの人」と呼んでしまえるのは、いささか尊敬できない私生活をのぞき見ているせいなのか、単に付き合いが長くなって距離感が近いせいなのか。もしくは、麻奈美にとって男はみんなその程度の感覚なのか。

まあ、社長や副社長が愛人に走っているのを目の当たりにしていれば、自分はしっかり金を貯《た》めて、結婚より愛人を作る方が気楽でいい、という考えに落ち着いても不思議ではない。

「そういえば…、社長と南雲《なぐも》さんてどうなんです？」

いかにもさりげない調子で、榊は話を向けた。

「なぁに？　あなたもあの人に興味があるの？」

名前を出したとたん、いささか白けた様子で、麻奈美が不機嫌になる。内腿を撫《な》でていた手もスッ…と引かれて、代わりに目の前のジンフィズのグラスを口元に運ぶ。

「興味っていうか、……あー、むしろ近づくの、恐いなーと思って。ちょっと得体が知れない感じじゃないです？　プライベートとか、想像できないし」

榊自身、あまりいい印象ではないことを強調してみる。

……実際、金を取られたのだ。いい印象のはずはない。

「最近入った人なんでしょう？　いきなり社長秘書っていうのもすごいけど」

「会長の…、ずっと入院してる前の社長ね、その会長のご学友の息子さんだそうよ。なんか、弟が交通事故を起こして補償が大変なんですって。事故の相手があの人の会社関係の人だったみたいで、会社もクビになって。困ってたところを会長の口利《くちき》きでうちの子会社に勤めてたんだけど、それを社長が見かけて連れてきたのよ。語学が堪能《たんのう》だから、ってことだけど…、まぁ、色仕掛けでしょ。しょせん社長もボンボンだから、簡単に引っかかっちゃって」

おもしろくなさそうに吐き出すと、麻奈美が一気にグラスを空け、バーボンをストレートで頼んだ。

「うわ、カッコイイな、永井さん」

榊が盛り上げるように飲みっぷりに感嘆してみせ、負けてられないな、と榊もハイボールのお代わりを注文する。

馴染《なじ》みのバーテンダーとちらっと視線が合い、彼が口元で微笑《ほほえ》んで小さくうなずいた。

榊としては、できるだけ麻奈美に飲ませるつもりだった。口を軽くして、いろいろと情報をもらわなければならない。逆に榊はあまり飲むわけにはいかず、榊のグラスは薄めたウーロン茶である。

しかし麻奈美の話からすると、南雲の言っていた「金が必要」というのは、案外本当らしい。

「でも意外と苦労してるんですね…、南雲さん」

何となくしみじみと言った榊に、ふん、と麻奈美が鼻を鳴らした。

「どうだか。金のためなら、裏で何してるかわかったもんじゃないわよ」

まさしく、だ。

そして確かに、それだけ金が必要なら社長――がドラッグに関わっているとすれば――の補佐として、裏の仕事に関わっていても不思議ではない。会長に拾ってもらった恩があれば、社長の「愛人」のポジションは遠慮したとしても。

いや、しかしドラッグの仕事を手伝っているとすれば、報酬は莫大《ばくだい》なはずだ。わざわざ危険を冒して昏酔《こんすい》強盗などセコい真似《まね》をする必要はなさそうだが。

妙にちぐはぐな印象だ。

額にわずかに皺《しわ》を寄せ、榊はちょっと考えこんだ。

社長が拾った恩を盾にして（実際に南雲を拾ったのは父親だったにしても）、強引に裏の仕事を手伝わせたあげく、まともに分け前も与えていないということだろうか？　しかし社長は南雲に気があるようだったし、それこそ色仕掛けで頼めば簡単に金を引き出せそうだ。

あるいは社長からすれば、南雲を自分のものにするために、あえて現段階では金を渡していないのか？　それこそ、時代劇の悪代官みたいに。

だとしても、南雲がおとなしく社長の言いなりになっているタマとも思えないのだが……。

うまくかわしながら、すべてを手に入れる隙でも狙っているのだろうか？

「南雲さんはいつも社長の出張なんかに同行するんですか？」

憶測を広げながら、何気ない調子で榊は尋ねる。

「基本的にはね。先々は海外にも連れていくつもりみたいだし。来週には海外の取引先から客も来るから、案内も任せるつもりのようね」

海外の取引先。それが例のラドナムからだというのは、榊にも情報として入っている。

ふっと無意識に口元が引き締まった。

「……何？　やっぱりあの人のことが聞きたいだけみたい」

と、トゲのある言葉がこめかみのあたりに突き刺さる。

「ま、ヘタな女より美人だしね。そういえば、榊さんは男にもモテそうね？」

おっと。お局様《つぼね》のご機嫌を損ねるのはまずい。

「男にモテてもうれしくないですよ。俺はだんぜん胸派ですしね」

いかにも意味ありげな眼差《まなざ》しを、麻奈美の胸のあたりに向けてみる。くっきりとした谷間が垣間見《かいまみ》える、きれいな釣り鐘形だ。もっとも最近のブラは優秀なので、実態がどうなのかはさすがの榊にも読めないが。

「もう、いやらしいわね」

麻奈美が軽く怒ったふりで榊の肩をたたいた。

その拍子に、カウンターの下においてあった小ぶりなバッグを指か足かで引っ掛けたらしく、足下に中身が転がり落ちた。財布や手帳といった小物だ。

あっ…、と麻奈美が小さな声を上げ、榊は素早くスツールをすべり下りて床へしゃがみこんだ。

落ちていたのは、やはりブランドものの財布と茶色の革カバーがついた小さな手帳。それにいくつか鍵のついたキーリング。

手帳の中を見たいところだったが、ホックベルトでとめられているタイプだったのでちょっと難しそうだ。

榊は手早くそれらを拾い上げた。

キーリングについているのは、マンションのキーと車のキー、それとおそらく、会社のデスクの鍵。他の二つはわからなかったが、マンションの納戸とか共有部分の鍵らしい。

それに、上品な金のアクセサリープレートがついている。

Rose Queen - Since 1984
49 Henrietta Street LONDON ED3Y 8HS
と、洒落《しゃれ》た字体で彫りこまれ、さらに繊細なバラの花の刻印。

榊は知らなかったが、ローズクイーンというのが、その高そうなキーリングのブランド名らしい。

続く住所からすると、イギリスのブランドなのだろう。

指先で持ち上げながらさりげなくひっくり返すと、さらに「BR7392 - AN15Y8」と十二桁の英数字が刻印されていた。

それ自体意味のある言葉とは思えないし、製造番号か何かの可能性もあるが。

——十二桁。社内クラウドのアクセスコードか…。

副社長秘書なら、かなり権限は大きそうだ。

榊はその英数字を頭にたたきこむと、さりげなく立ち上がった。

「ああ…、ごめんなさい。ありがとう」

麻奈美が財布と手帳を順に受け取りカバンに入れ直して、続けて手のひらを差し出す。

「ローズクイーン。まさに永井さんのことですね」

プレートの表を上向きにして麻奈美の手にキーリングをのせると、榊は彼女の目を見てささやくように言った。

「あら…、お世辞だってわかっててもうれしいわ」

麻奈美が艶然《えんぜん》と微笑む。

「永井さんの部屋の合い鍵を持ってる人っているんですか?」

いかにも意味ありげに聞いてみると、クスクスと笑いながら麻奈美が返す。

「あげないわよ?」

「俺は身の程を知ってますからね。こうやって一緒に飲んでもらえるだけで幸運です。警備室の連中にバレたら殺される。永井さんのファンが多いから」

ぶるっと身震いしてみせた。

「あなたなら、逆玉も狙えるんじゃない? 今日みたいに颯爽《さっそう》と社長令嬢でも助けてみれば、一発じゃないかしら」

「そんな都合のいい話は転がってないですよ」

榊が苦笑し、肩をすくめたその時だった。

ポケットで携帯が音を立てる。怪訝《けげん》な面持ちで、榊は携帯を取り出した。

表示されていた名前は、夏加《なつか》だ。

意外でもあり、しかし考えてみれば、よほど緊急の用件でなければ、ミッション中に仲間から携帯に連絡が入ることはない。

「……あら、もしかして彼女?」

麻奈美がいかにもな調子で尋ね、口元で微笑む。

さして不機嫌にもならないのは、自信があるからだろう。

自分が気に入った男なら、彼女持ちでも気にしない。いや、むしろ奪い取ることが楽しいのかもしれない。相手の女よりも自分が上だと示すことができる。

「じゃなくて、妹ですよ」

「怪しいわね」

さらりと返した榊に、麻奈美が軽くにらんでくる。

「マジですって。……ちょっとすみません」

片手であやまるようにして、榊は席を外した。携帯を耳に当てたまま、店の外へ出る。

『あっ…、榊さん！　あの…、ごめんなさい。今…、ちょっとだけ、大丈夫ですか？』

もしもし、と出ると、夏加があせった様子で声を上げた。

大丈夫とは言えないが、ひどく切羽《せっぱ》詰まった調子だった。夏加にしても、榊が仕事中かもしれないとわかっているだけに、こんなふうに電話をかけてくることはめったにない。

「ああ…、どうしたの？」

『あの、兄さんと連絡、とれませんか？』

「柊真《とうま》と？　あいつ、どうかしたのか？」

首をひねって聞き返す。

『それが……、この二日くらい、全然連絡がとれなくて』

不安げな声だった。

ああ…、と榊はちょっと息を吸いこむ。

「大丈夫だよ、そんなに心配しなくても。柊真の仕事なら、今までも連絡とれないことはあっただろう?」

あえて、明るい調子で返してやる。

『だけど、おかしいの！　昨日…、私の誕生日だったのに電話もメールもなくて…。今までこんなことなかったもの。どんなにいそがしい時だって、この日は絶対に連絡くれてたから…！』

「あ……そうか。ごめん」

吐き出すような勢いで言われ、すっかり忘れていた榊も思わずあやまった。

『それはいいのよ！　でも兄さんが忘れたことなんか、今までなかったし…。こっちから電話しても電源入ってないみたいで、全然通じないし』

口にするだけ不安が募った声に、榊は無意識に口をつぐんだ。

確かに、柊真が夏加の誕生日を忘れるということはなさそうに思えた。ただ柊真の仕事なら、どうしても電話できない状況にあることは考えられる。

だが電源が入っていないというのは——。

ふっと嫌な予感が胸をかすめた。

しかしそれは声には出さず、あえて何でもない調子で言った。

「じゃあ、俺からも連絡してみるよ。……そんなに心配しなくても大丈夫。仕事が立てこんでるだけだと思うから。連絡とりにくい、いそがしい職場だって知ってるだろ?」

『だといいけど…』

「柊真と連絡とれたら、そっちに電話するように言っとくから。——ああ、誕生日、おめでとう」

『ありがとう…。お願いします』

少しホッとした声で、そして申し訳なさそうに夏加が言って電話が切れる。

ことさら夏加がナーバスになるのは、やはり玲《れい》や汐里《しおり》の記憶があるからだろう。最悪の状況を考えてしまう。

ある日突然、大事な人がいなくなる恐怖。

――だが柊真の場合、杞憂《きゆう》ではなく、それもあり得るのだ。

念のため、榊も柊真の番号にかけてみるが、やはり夏加が言った通り、電源が入っておりません、とメッセージが流れるだけだった。

ちょっとため息をつく。

夏加にはああ言ったが、正直、榊にはそれ以上、何ができるわけでもないのだ。

だがちょうどいいタイミングで、榊はそのまま一本、電話をかけた。

ツーコールほどで、おー、と応対したのは西峯《にしみね》だ。

『どうした？　おまえ、今夜はお楽しみなんだろ？　……クソっ。永井女史はワイルド系がお好きだったか』

誰と会う、誰に接近する、といった報告連絡はしているので、榊の今夜のスケジュールも西峯には筒抜けだ。

西峯は西峯で社内の人間に当たっているわけだが、女相手だと、やはり向こうの興味を惹《ひ》いた方が担当することになる。

「役得ってヤツ？」

にやりと笑って榊は返した。

『あー…、俺、南雲さん、誘ってみるかなー』

「当たって砕け散れ。ていうか、喰《く》われるぞ、おまえ」

金だけむしり取られて。

と、内心で榊は付け加える。

『なんで？　おまえ、もう喰われたの？』

きょとんとした調子で聞き返され、榊は首を縮めた。

危ない。墓穴を掘りそうだ。

あわてて話題を変えた。

「あ、そうだ。多分、永井女史のアクセスコードがわかった。何か引っかかってくるかもしれない」

『さすがだな』

感心したように短く口笛を吹き、言ってくれ、とうながされる。

榊は記憶していた英数字を繰り返した。

『ＯＫ、調べてみる』

「あ、それと」

電話を切りそうな気配に、あわてて榊は続けた。

「おまえ、厚労省にツテはないか？」

『厚労省？』

「関東信越厚生局の麻薬取締部《まやくとりしまりぶ》」

『マトリか……』

西峯がうなるようにつぶやいた。

『ないこともないが。どうした？』

「立花《たちばな》柊真という取締官の、今の状況を知りたい」

『問題がある男なのか？』

声を潜めて聞き返され、榊は急いで否定した。

「そうじゃない。……悪い。今、くわしく説明してるヒマはないんだ」

いくぶん早口に榊は言った。

実際、私用で西峯とメリッサの情報網を使うことになるので、くわしく話すとスルーされる可能性もある。そのため、何か関係があるかも、という含みを持たせておく。

「じゃ、よろしく頼む」

それだけ言うと、榊は電話を切った。

柊真の職場は厚生労働省だった。仕事は麻薬取締官。

危険な連中相手の仕事でもあり、夏加や家族には言っていないようだが、おとりや潜入捜査もしている。そのため、連絡がとれない期間もあった。

……ただそれだけのことであればいいのだが。

無意識に長い息をつき、榊はバーへもどった。

榊のいない間、バーテンダーが麻奈美の相手になってくれていたようだ。

帰ってきた榊に気づき、顔をのぞきこんで聞いてくる。

「まさか、こんな時間に私一人で残していくつもりじゃないでしょうね？」

電話の相手が「彼女」だと思っていれば、どっちをとるの？　ということだ。

「まさか。普通の男ならそんなことできるわけないでしょう」

榊の答えに満足した様子で、彼女が微笑む。

「そろそろ、出ますか？」

そしてうながした榊に麻奈美がうなずいた。

外へ出て夜気の冷たさにぶるっと麻奈美が身体を震わせ、榊の腕にもたれかかってくる。

「ね…、次はどこへ行くの？」

尋ねながらも意味ありげな、すでに想定している問い。

麻奈美としては、ホテル——なのだろうが。

「正直に言っていいです？」

榊は彼女の顔をのぞきこんで尋ねてみる。

「何？」

「永井さんの部屋、見たいな」

さりげなく彼女の腰に腕をまわし、耳元でささやいた。

が、軽く肩をすくめ、麻奈美がさらりと返す。

「私、自分の部屋には男を入れない主義なのよ」

つれない返事だ。

だが、ここで引くわけにはいかない。

「ホテルじゃダメなの？」

「俺、ホテルって苦手なんですよ…。前に部屋の中で隠しカメラ、見つけちゃって。最悪じゃないですか？」

顔をしかめてみせる。

「結構、遊んでるのね。……じゃあ、残念だけど、ここでお開きかしら」

試すみたいに冷たく言われ、榊は天を仰いでよろけるようにそばの壁により掛かった。

「ひどいな…。もうこんなに酔っ払ってるのに俺を見捨てるんですか？」

「そんなに飲んだの？」

「酒じゃなくて、あなたにですよ。……今夜は俺のボロアパートには帰りたくないな」

彼女の手を握り、じっと目を見つめて訴える。

「意外と甘え上手なのね、榊さん」

麻奈美の方もそのつもりだっただけに、惜しいという気持ちはあるのだろう。少しばかり迷う様子をみせた。

あと一押しだ。

「あなたが魅力的すぎるからですよ、女王様。今夜はあなたの奴隷にしてくれませんか？」

麻奈美なら、壁ドンする俺様系よりは、やはり下僕《げぼく》系で攻めるべきだろう。かしずかれるのが好きなタイプ。かといって、言いなりでは歯ごたえがなく、すぐに飽きられる。それなりのステイタスや魅力を持った、強い男をひざまずかせるのが好きなのだ。

榊のような、見た目ワイルドな男が見せる可愛さという意外性も有効である。

「奴隷ねえ…」

興味なくはなさそうに、麻奈美が口元を緩めて考えこむ。

カラダの相手だけでなく、ここで自分の虜《とりこ》にして榊を取り込んでおけば何かに使えるかも、という計算が頭の中で働いたのかもしれない。

昼間のあの活躍を目の当たりにしていれば、少なくとも用心棒代わりにはなる。

「今夜、一晩だけ。永井さんみたいな人が何度も俺を相手にしてくれるとは思ってませんから。俺の人生で最高の一晩を与えてくれませんか？」

そして相手の自尊心をくすぐる言葉。

「仕方のない人ね…。ホントに口がうまいんだから」

麻奈美が吐息とともにつぶやいて微笑んだ。

――よし。

と、榊は内心で拳を握る。

おそらく部屋にはパソコンもあるだろうし、データを抜き取るだけなら五分もあれば十分だ。

私用のパソコンに会社のデータがどれだけ入っているかは疑問だが、とりあえず今は拾えるだけの情報を拾うしかない。副社長や社長のパソコンへ入れる鍵や扉でも見つかれば儲《もう》けものである。

そして、それについてくる据え膳は——がっつり食う主義である。

8

翌日、榊《さかき》は遅番だったが、昼過ぎには職場に顔を出していた。西峯《にしみね》と連絡をとるため、とか、いろいろと個人的な理由はあるのだが、端から見れば、よっぽど他にすることがないかわいそうな男だと思われそうだ。

朝は幸福に女の横で目覚め、榊としては本当なら彼女が仕事に出るのを見送って、自分の出勤時間までしばらく留守宅で過ごしたかったところだが（どうせ玄関はオートロックだ）、さすがに麻奈美《まなみ》もそのあたりはしっかりしており、彼女が部屋を出る前に追い出された。ベッドには満足してくれたはずだが、一度寝ただけでそこまで気を許してはくれないようだ。

とはいえ、ゆうべのうちにできることはすませていた。

彼女が風呂に入っている間に手際よく部屋の中をチェックし、当初の目的だったパソコン、さらに携帯の中身も丸ごとコピーして、ついでにスパイウェアも仕込んでおく。カバンの中のスケジュール帳もめぼしいページを写真にとる。キーリングについていた鍵もすべて形状のコピーをとり、念のために例のプレートも表裏と撮影して、もろもろ全部まとめて西峯に送りつけた。

逆に言えば、榊がしているくらいのことは麻奈美も考えるということだ。

入れ違いに榊が風呂に入っている間、携帯くらいはチェックされることは予想して、自分の携帯にはダミー画面が出るようにしておいた。通話履歴やメールの送受信。アドレス帳。当《あ》たり障《さわ》りのない友人らしき文面とか、飲み屋の番号とかで埋めておく。

ダミーだと最後の夏加からの着信履歴はないわけだが、それに気づいたとしても、「彼女」だというのがバレないように榊がせこく履歴を消したのだろう、という推測はできるはずだ。

実際、携帯に触られた形跡はあった。

キツネとタヌキの化かし合いだが、そんなスリリングな時間も悪くない。

「眠そうだな」

昼飯をラーメンでやっつけ、いつものタバコスペースでコーヒーのカップを片手に大あくびをしていた榊の背中から、馴染《なじ》んだ声が聞こえてきた。

西峯だ。昼休憩らしい。

寒い中、この男を待っていたのだが、特に打ち合わせていたわけではなかった。ツーカーというか、このくらいのことは連絡がなくてもだいたい通じ合う。

「女豹《めひょう》様が朝まで離してくれなくてな…」

振り返って寒風を避け、壁際に身を寄せながら榊はうそぶいた。

相手がにやりと意味深に眺めてくる。

「嫌いじゃないんだろ？　激しいの」

「嫌いじゃないな」

顎《あご》を撫《な》でてまんざらでもない顔で返すと、ケッ、と西峯が吐き出した。

西峯も紙コップを手にしている。カイロ代わりなのだろう。

榊のすぐ横で壁にもたれた。

「何か出たか？」

コーヒーをすすってから、世間話でもするように尋ねる。

ゆうべ送った麻奈美のパソコンから、だ。

「ゆうべの今朝だぞ。まだ調査中」

素っ気ない答えが返る。が、西峯は続けて言った。

「社内クラウドへのアクセスコードはアレで間違いないな。今のところ怪しいデータは出てきてないが、隠しファイルがないか探してる。研究所のラインにアクセスできれば、もしかするとキャンディの製法とか組織データが出るかもしれないいんだが」

そんな言葉に、榊は無言でうなずく。

実際に製造するには、どこかの研究所の人間が関わっているはずだ。白衣の連中。作らせているのが社長だったとしても、知識があるわけではない。スーツ組の人間が関わっているのは販売ルートの方だ。

「で、もう一つ、ゆうべおまえが言ってた男のことだが」

西峯が淡々と口にした。

ハッと、榊はカップを口元に運んでいた手を止める。

「何かわかったのか？」

はやる気持ちを抑えつけて、低く尋ねた。

「かなりまずい状況にあるようだな」

短く返されて、思わず息を呑《の》む。心臓が冷えた気がした。

「ターゲットに接近する、という報告を最後に連絡が途絶えたらしい。二日前からだ」

「ターゲット…」

榊は小さくつぶやく。無意識に指に力が入り、カップがわずかにへこんだ。

つまり身分がバレたか何かで敵に捕まった、という公算が大きい。

「マトリの方もクールキャンディを追いかけていたんだな。まあ、麻薬がらみだ。バッティングしてもおかしくはない。立花《たちばな》はタケヒサの研究所の職員から手がかりをつかんだようで、そっちのセンをたどっていたらしい」

さらりと伝えられた事実に、えっ？　と思わず榊は声を上げていた。無意識に西峯を凝視する。

「あいつ、クールキャンディを追いかけてたのか？」

逆に、あ？　と西峯が怪訝《けげん》な目で見つめ返してきた。

「わかってたから調べさせたんじゃないのか？」

「いや…」

小さくうめいて、榊は反射的に口元を片手で覆った。

何かが飛び出してきそうだった。

——確かにそうだ。

麻薬事案である以上、マトリが捜査していてもまったく不思議ではない。が、今まで柊真《とうま》と仕事がかぶっているなどと、想像したこともなかった。

「クソ…っ、なんで情報の共有ができてないんだ…！」

榊はなかば八つ当たり気味に吐き出した。

「警察ならまだしも、厚労省だからな。そこまでメリッサと直接的な関わりがない」

肩をすくめるようにして西峯が言った。

実際、メリッサの存在を知っているのも、厚労省の上層部、数人に限られている。

「どういう関係だ？　その、立花柊真」

ちょっと眉をよせて聞いてくる。

「……ダチなんだよ。ガキん頃からの。柊真の妹から連絡がとれないと電話があったんだ」

とにかく自分を落ち着かせるために大きく息をついて、榊は言った。

「そうなのか…」

驚いたようにわずかに目を見開き、なるほど、と西峯がうなずく。そして顔をしかめた。

「死体が見つかってないから生きてる可能性もなくはない。が、連中にとって生かしておく意味はない。せいぜい、捜査がどこまで進んでいるのか、聞き出す間くらいだろうな…」

冷静な指摘だ。

かなり危ない状況なのは間違いなく——拷問を受けているかもしれない。むしろ、すでに消されている可能性も大きい。相手も麻薬取締官《まやくとりしまりかん》だとわかっていれば、死体が見つからない方法で始末することを考える。

心臓が引きちぎられそうな気がした。

夏加や家族にとっては、とても耐えられないだろう。

奥歯を嚙《か》みしめ、それでも榊は押し出すように尋ねた。

「南雲《なぐも》さんの方、背後関係は何か出てきてないのか？」

「ああ…、そっちはメリッサの調査部で調べるってよ。が、何かあったって報告はないな」

何かあってほしいと思うわけではないが、麻奈美の話が本当なら、南雲の父親は会長の学友らしい。そのコネで入社したのなら、身元は堅そうだ。

どうしようもないことだが、焦りといらだちが募る。

「例の、ラドナムからの客、そいつが来日すると何か動きがあるかもしれない。確か…、来週末だったか」

「そうだな…」

考えるように言った西峯に、榊も低くうなずいた。

が、とても悠長に待っている余裕はない。その間に柊真が殺されたら——、と思うと、じっとしていることなどできない。

「榊」

無意識に、にらむみたいにビルの上層階を見上げていた榊は、ふいに腕をつかまれてハッと我に返った。

「無茶はするなよ？」

いつになく真剣な顔で、西峯がクギを刺した。


翌日、榊は夜勤だった。

例によって警備室でダべり、いつものようにビル内の巡回に出た。

夜の十時前。

下の、営業部のフロアあたりにはまだ人の気配は残っていたが、社長室があるあたりはすでに真っ暗だった。

フロア自体を閉鎖していい状態だったが、暗闇の中、榊は懐中電灯だけを頼りに社長室へすべりこんだ。目の前は一面大きな窓で、夜の海に都会の美しい夜景が広がっているはずだが、今はきっちりとブラインドが下りている。

重厚なデスクと片隅の応接セットだけのシンプルな部屋だ。

もちろん、警備室のモニターにはドアの開閉のアラームや監視カメラの映像が入っているはずだった。

が、この時間、警備室にいるのは西峯だけだ。

だからこそ、社長室のロックを外してもらえたわけだが。

渋い顔だったが、結局西峯はその作業を引き受けてくれた。他の場所へ巡回にまわしたり、買い出しを頼んだりと、当直の他の警備員たちにはできるだけ席を外させ、このフロアのカメラやアラームは切っている。そして他の警備員たちがもどってきた時には、カメラの調子が悪そうだから、今榊が見に行っている、という言い訳で、なんとか三十分程度の時間は稼げるはずだ。

賭けにも近いやり方だった。

カメラ異常のような異変は記録に残るし、その報告が管理課の里崎あたりに上がれば、間違いなく説明を求められる。そして榊が社長室に侵入したことがバレれば西峯もチェックされ、今までの潜入が水の泡になるわけだ。それだけ、相手の警戒も厳しくなる。

だがもともと「潜入」の調査方法は榊に任されていた。西峯はバックアップなので、基本的に榊の行動を補佐する役目だ。

榊が判断してやるというのなら、やるしかない、というスタンスでもある。

冷静な判断では、どう考えてもここで動くのは得策ではない。先日の騒ぎで榊の株は上がっているはずなので、ここでヘタに動かず、もっと時間をかけて信用させ、じっくりと相手の懐《ふところ》にすべりこむべきだった。

だがそんなに待っていたら、間違いなく柊真は死ぬ。

西峯にしても、榊の気持ちはわかる、ということなのだろう。

足音を吸いこむ深い絨毯《じゅうたん》をすべるように移動し、社長のデスクへ近づくと手早くパソコンの電源を入れ、立ち上がりを待っている間にデスクの引き出しをチェックする。

パソコンには当然、パスワードが必要だったが、妻の名前、娘の名前、ペットの名前、と当たっていって、ペットで開いた。

ラドナムをキーワードに、重点的に探していく。

ローレンス・ハルミ・オーソン――という男が来日するらしい。国の正式名がセント・ローレンス・ラドナムなので、国と同じ名前を持つ男だ。

その写真と、プロフィールが簡単にまとめられていた。榊より三つ年上の三十六歳だが、かなり若く見える金髪の王子様だ。実際に育ちもよさそうで、上品な雰囲気だった。祖母が日本人らしい。一族にはラドナムの政府関係者も多く、本人も政府要人の身分をもつ――。

だがそのあたりは一般的な情報だ。

欲しいのはもっと深い、裏側の情報である。クールキャンディの製造や販売に関わる、決定的な証拠。販売ルートがわかれば一番いい。芋づる式に他の組織の解明にもつながる。もしくは輸送ルートが解明できれば、ラドナムの関与が明らかになるかもしれない。

だが何より、今欲しいのは、どこの「研究所」がドラッグ製造の拠点になっているのか――、だった。

柊真が研究所の職員から情報をつかんだということは、おそらくその研究所でクールキャンディ、そしてさらに新しいドラッグの製造や研究がなされているのだろう。

その研究所、あるいは少なくとも一角は、警備が厳重な上、関係者しか立ち入りは許されていないはずだ。

柊真が捕まっているとすれば、その現場である可能性が高い。

だが関東近郊だけでも、タケヒサの研究所は五つある。関連会社の施設を合わせると十二だ。全部潰している余裕はない。

重要な情報は、やはりアクセスコードの必要なクラウドに入っているようだった。

いくつか思い当たるワードや数字を入れてみるが、すべて弾《はじ》かれる。

「くそ…っ」

思わず低いうなり声がこぼれた。

榊はデスクの引き出しを次々と開けてみる。

この手の長ったらしいパスワードなどは、比較的わかりやすいところにメモ書きしている場合も多い。本社のセキュリティはかなり厳しいので、油断していてくれるとありがたいのだが——。

時間との闘いでもある。

必死に机をあさっていた榊は、その気配に気づくのにわずかに遅れていた。

「誰です⁉　何をしているんですかっ？」

カチャッ…、とドアの開く音とともに、鋭い声が飛んできた。

一番下の引き出しを開けるのにわずかに身を屈《かが》めていた榊は、瞬時にデスクの横へ身を伏せる。

まずい…、と、さすがに冷や汗が背中を伝った。

聞き覚えのある声だった。南雲だ。

誰かがいることは明らかだ。部屋の明かりはついていなかったが、パソコンの画面から煌々《こうこう》と光がもれている。

「誰か…、いるんですか……？」

それでも、南雲にしても誰か関係者が理由があってここにいるのか、あるいは単にＰＣの電源を入れっぱなしで社長が退室したのか――ありそうにもないが――という可能性も考えたのだろうか。

もう一度、うかがうように声を掛けてくる。

榊は息を殺し、気配も完全に消して、そっと絨毯の床を這《は》った。大きな執務デスクをまわり、応接セットのソファの陰に身を潜める。

そして南雲の手が壁の明かりのスイッチに伸びた瞬間――獣のように横から飛びかかった。

一気に押さえこむつもりだったが、寸前に気づいたらしい南雲が反射的に一歩下がり、手にしていたカバンをたたきつけてくる。

意外と的確に榊のこめかみのあたりを襲い、榊はとっさに体勢を低くしていったんそれをかわすと、続けて大きく振りかぶってきたところを狙って蹴り上げた。

あっ、と短い声が上がり、南雲の手からカバンが飛ばされる。

間髪を容《い》れず、榊は南雲の腰へ身体ごと組みつく。

「なっ…、――むぅ…っ！」

勢いのまま身体を床へ押さえこみ、悲鳴が上がる前に片手できつく口を塞いだ。

小作りな輪郭は、ほとんど半分が榊の手の中に埋もれるくらいだ。

それでも必死に突き放そうと腕につかみかかってきた手を、榊は強引に引《ひ》き剝《は》がし、床へ縫いとめて拘束する。

ふう…、とようやく一息ついた榊を、闇の中で驚愕《きょうがく》に見開かれた目が見上げてきた。

それでも知った顔だったせいか、南雲の身体からわずかに力が抜けたのがわかる。

「いきなり悲鳴を上げるのは勘弁してくれ」

その顔をじっと見下ろし、榊はいくぶんおどけた調子でささやく。

他の人間ならそうもいかないだろうが、相手は南雲だ。

一度は同じような体勢で——いや、ちょうど逆の体勢だったか——ベッドで重なった仲だ。

重なっただけで終わったが。

「榊さん…?」

そっと手を放すと、南雲が大きく呼吸をし、そしてうかがうように確認してくる。

「どうしてあなたが…?　何をしているんですか、こんな時間に?　あなたが入っていい場所ではないはずですよ」

最初の驚きが通り過ぎたらしく、きつく不審げな口調になっている。

「何をしていると思います?」

うそぶくように榊は聞き返した。

「南雲さんを待っていたんですよ、と言ったら、信じてもらえますか?」

「私はこちらに置き忘れた手帳を取りに来ただけですが?　フロアもまだ閉鎖されていないみたいでしたし」

冷ややかな声が突き刺さる。

「偶然だとしたら運命ですね。今夜、こんなところで会えるなんて」

それに負けず、いささか大仰に言ってみせた榊の言葉は、ふっ、と鼻で笑われる。

「深夜の社長室で会うのが運命ですか？」

……当然ながら、騙《だま》されてくれるつもりはないらしい。

「ふざけてないで、納得できる理由を言ってもらえますか？　今の状態でも、十分に警察は呼べますよ？」

厳しい眼差《まなざ》しが容赦なく追及してくる。

榊はそれに、ことさら軽い調子で肩をすくめてみせた。そしてにやりと笑って、いかにも意味ありげに南雲の頬を撫でる。

「だったら俺は、あなたの手引きで入ったと自白しよう。夜の社長室であなたとエッチなことをするためにね」

「そんなことを警察が信じるわけないでしょう」

切れ長な瞳がいらだたしげににらんでくる。

が、その表情にちょっとワクワクしてしまう自分に、ヤバいな…、という気がする。

形勢は絶対的に不利なはずだが、ギリギリの攻防が妙に楽しい。

「信じるんじゃないかな？　俺が初めてあなたと会った時のことを話せばね」

切り札と言える榊の言葉に、南雲が一瞬、口をつぐみ、目をすがめる。

「……何のことです？」

それでもとぼけてみせた。

「俺の一一九番通報は記録されているはずだ。あの時、病院送りになった男も、多分あなたのことは覚えてるんじゃないかな？」

しかしそこまで指摘すると、さすがに言い逃れはできないと悟ったらしい。

小さく息をつく。そして冷ややかに尋ねた。

「目的は……何なんです？」

出来心で、単に夜景が見てみたかった——とかいう言い訳は通じそうにない。なにしろ、パソコンも立ち上げているのだ。

仕方がない。勝負をかけるしかなかった。

「聞きたいことがある」

「その前に、私の上からどいてくれませんか？　重いんですが」

わずかに身じろぎして、南雲が首を振った。

榊は南雲にのしかかったままの体勢だったのだ。

「ダメだ。油断すると、あんたは何をしでかすかわからないからな」

が、榊は邪険に言い放った。

一度、手痛い目に遭っているのだ。それだけしたたかな男でもある。

やれやれ…、と言う代わりに息を吐き出し、南雲が軽く前髪を掻《か》き上《あ》げた。

「何が知りたいんですか？」

いくぶん落ち着いた様子で尋ねてくる。

榊が相手ならなんとかなる、と見くびっているのかもしれない。

「タケヒサが作っているドラッグに、あんたは関与しているのか？」

直球の質問に、南雲が眉をひそめた。そして淡々と返してくる。

「意味がわかりません」

ふだんもあまり表情がないだけに、しらばっくれているのかどうかの判断がつかない。

「タケヒサがドラッグを作っていることは、あんたも知ってるだろう？」

「製薬会社ですから、もちろん薬は作っていますが？」

小さく笑うように続けられ、榊は辛抱強く言い直した。

「合成麻薬だ。クールキャンディ」

「ありえませんね」

言下に南雲は否定した。

「どこからそんなバカな考えが出てくるんです？　タケヒサが麻薬みたいな危ないモノに手を出すなんて…、そんな愚かなことをするはずがないでしょう」

それが本心なのか、とぼけているのか。

「十年くらい前…、前の社長が病気療養のために会長職に退いて今の社長が就任したあと、タケヒサも主力製品の特許が切れて一気に業績が悪化した。前社長の手腕でもっていたところもあるからな。若い社長は経験も浅いし、いろいろと言われて苦労しただろう。新しい販路を求めてあちこちをまわっていた時、ラドナムから話が持ちこまれたんじゃないのか？　別の薬を作ってみないか、ってな」

流れとしては、そんなところではないかと思う。

製造はタケヒサが、そして海外での販売や、効き目についての「治験」などはラドナムの人間が関わっているはずだ。……それこそ、テロの現場でも。

「十年も前のことを、どうして私が知っていると思うんです？　私がタケヒサに来たのは、ほんの数カ月前ですよ？」

「今も続いているからな。一度味を占めるとなかなかやめられない商売だ。もちろんやめたいと言っても、今さらパートナーが許してくれない」

「だとしても、ただの秘書がそんな秘密を知っているわけがないでしょう」

「秘書ってのは秘めたる仕事に関わるから秘書なんだろ？」

にやりと笑って榊は指摘した。

「それにあんたはただの秘書じゃない。社長秘書だ。社長が自分で裏の手配をすべてできるはずがない。手元で使える人間が必要だ。有能な、人間が。ついでに言えば、ドラッグと夜の蝶《ちょう》の仕事とは結びつきやすい」

皮肉でもあり、事実でもある。

「バカバカしい…」

視線を逸《そ》らせ、南雲があきれたように吐き出した。

「あんた、金が必要なんだろう？　ドラッグの売買は一番手っ取り早く金になる」

さらに続けた榊を、南雲が冷たくにらんでくる。

「それでどれだけの人間が死んでるのか、あんたはわかってるのか？」

それを真っ向から見つめ返し、榊は低く言った。

「あなた……、何者です？」

南雲が静かに尋ねてくる。

「探偵だよ」

「探偵？」

いかにも胡散臭《うさんくさ》そうに眉をひそめた。

「依頼があってね。この間、ここに殴りこんできた男…、ドラッグで息子が殺されたとか言っていたが、他にも被害者は大勢いるわけだ。そのうちの一人が俺に調査を依頼してきた」

虚実とり混ぜて答えておく。

もちろんメリッサの身分は明かせないし、明かしたとしても意味はない。そもそも知っている人間でなければ、何それ？　と言われるだけだ。

「私は何も知りません」

南雲が強情な口調で跳ね返す。

「暴力は趣味じゃないんだ。知ってることがあれば素直にしゃべってくれないかな？　特にあんたみたいにキレイな顔に傷をつけたくない」

いかにもな様子で、榊は指先で南雲の頬を撫でてやる。

「……脅しですか？」

わずかに息を詰め、それでも強気に言い返す。

「来週、ラドナムから客が来るそうだが？　ローレンス・ハルミ・オーソン」

その問いとも確認ともつかない榊の言葉に、南雲は答えなかった。かまわず続ける。

「どこを案内してまわるのか、スケジュールはできてるんだろう？」

うながすように、ことさら優しく顎をつかんで尋ねた。

「来客があるとしか聞いていません。本社にはお見えになるでしょうし、研究所も視察するそうですが」

喉元にかかる指に、わずかにビクリと身体を震わせ、南雲が低く答える。

――研究所。

ハッと榊は息を詰めた。

「どこの？」

あせる気持ちを何とか抑えこみ、短く聞き返す。

「知りませんよ。まだ決まっていないのか、適当なところでいいのか。あちらの滞在時間に合わせる形になりますから、前日か当日、調整することになっています」

その答えに、榊はわずかに考えこんだ。

ローレンスという男が向かうとすれば、間違いなくクールキャンディの製造に関わる研究所だ。

品質のチェックとか、製造ラインの確認とか。廉価版の工場のために「視察」しながら、契約について話し合う。

「その場所がわかったら…、いや、俺もその視察に同行できるように、社長さんに推薦してもらえるかな？　あんな騒ぎがあったあとだ。社長もボディガードくらいつけてもいいだろう」

ちょっと考えてから、榊は気軽な調子で提案してみた。

「私がどうしてそんなことを？　こんな泥棒まがいの危ない……探偵さんですか？　そんな人を社の重要施設に連れていけるはずはないでしょう」

冷然と南雲が言った。

まったくごもっともではあるが、榊も退くわけにはいかない。

「あんたはタケヒサがドラッグを作っていると信じてないんだろう？」

「もちろんですよ」

「だったら何も問題はないはずだ。まったくの白なら俺は何もしないし、普通にボディガードの仕事をするだけだからな」

「それを信じろと？」

南雲がせせら笑う。

「あんたが何も知らないのなら、社長は見られて困る場所にはローレンス以外の人間は入れないはずだ。せいぜい、その施設の一般的な部分まで。そこまでなら、俺が入ったところでさして問題はないだろう」

重ねて言った榊を、南雲がいかにもあきれたように眺めた。

「ローレンスさんがドラッグに関わっていると言うんですか？」

「彼はおそらくバイヤーの立場だ。いや、もっと上だな。ドラッグの流通を握っているシンジケートのボス、もしくは幹部クラス」

南雲がふっ、と唇に冷ややかな笑みを浮かべる。

「ノワール映画《フィルム・ノワール》みたいな設定ですね。私立探偵もいますし？」

「そうだな。魔性の女《ファム・ファタール》も登場してる。ああ…、魔性の男《オム・ファタール》と言うべきかな？」

いかにも皮肉めいた榊の言葉を、南雲が肩をすくめて受け流す。

「ローレンスさんはラドナムの政府関係の人間でもあるんですよ？　まさか、そんな人が麻薬の運び屋なんかしてるはずがないでしょう」

「運び屋じゃない。そんなチンケな立場じゃないだろうが、……まあ、そうだな。外交特権があるんなら、サンプルくらいは大手を振って持ち出してるかもな」

顎を撫でて、なかば独り言のように榊はつぶやいた。

なにしろ、手荷物もフリーパスだ。何だったら今回の来日も、新薬の確認にきた可能性もある。

「ラドナムが国家ぐるみで犯罪に関わってるかどうかは別にしても、別にめずらしいことじゃない。南米の国なら政府高官が汚職にまみれてるなんてことはよく言われてるだろう？　政治家や警察だって麻薬組織と癒着《ゆちゃく》してる」

南雲がわずかに視線を落とし、黙りこんだ。少しは思うところがあったのか、しばらく考えこむ。

その横顔を見つめて、榊は厳しく続けた。

「合成麻薬の製造が本当なら、あんた、平気でいられるのか？　それで何人…、何百か、もしかすると何千もの人間が死に、人生が狂わされてる。会長には恩があるようだが、タケヒサが裏の商売に手を出したのは時期的に会長が入院したあとだ。会長にしても、自分が育て上げた会社がそんな汚い仕事をしてるのを容認しているとは思えないけどな？」

小さく唇を噛み、ようやく南雲が顔を上げた。

「……いいでしょう。そこまで言うのでしたら、社長やお客様のボディガードとして、あなたを推薦しましょう。この間の働きで覚えはめでたいはずですし。それであなたのつまらない疑いが晴れるのでしたらね」

「もちろんだ」

挑戦的な口調で言われ、内心でホッとして、榊はうなずいた。――ものの。

「それで、いつまで私に乗っかっているつもりですか？」

冷ややかな指摘に、榊は肩をすくめた。

経験上、この男の殊勝な言葉をそのまま信じることはできない。

うかつに信用すれば、ドアを出たとたん、他の警備員を呼ばれ、警察へ突き出されかねなかった。

痛い目を見るのは一度で十分だ。人間、学んで成長しなければ。

どう考えても、ここは――。

「俺も仕事なんでね。保険が必要だ」

「保険？」

南雲がいかにも不審そうに見上げてくる。

「そう」

朗らかに笑ってうなずいた次の瞬間、榊は南雲の上着の襟を両手でつかむと、一気に背中へ引き下ろした。

が、脱がしてしまうのではなく、肘のあたりで中途半端に止める。両腕を上着で、後ろ手に拘束する形だ。

「なっ…」

さすがにあせって南雲が身をよじる。息を呑み、榊をきつくにらみつけた。

やっぱり怒った顔は好みだな…、と無意識に見惚《みほ》れてしまい、あわてて我に返る。

「何を…するつもりですか……?」

低く、押し殺した声で聞いてくる。

予感はあるのだろう。

「乱暴にはしない。ただ、あんたには前科があるからな。俺も慎重になる」

淡々と言いながら、榊はシュッ…と軽い音を立てて南雲のネクタイを解く。

南雲が小さく息を吸いこんだ。わずかに胸が上下する。

「こんなことをして…、ただですむと思っているんですか?」

しかしその言い草に、榊は苦笑した。

「あんたに言われるセリフじゃないな…。あの時の三万円分、楽しませてもらっても罰《ばち》は当たらないと思うけどな？」

そう言われると、さすがに後ろめたさはあるらしい。わずかに視線を逸らせる。

それでも強気な、感情の失《う》せた声が返ってきた。

「せっかくあなたに協力しようと思っていた気持ちが失せましたよ」

「あんたの気まぐれな協力より、もっと確実な方法をとった方が安全そうだ」

言いながら、榊は南雲のシャツのボタンを下から順に外していく。

ことさら手荒くシャツを開くと、するり、と指先で肌を撫で上げる。

「……ん…っ」

南雲の唇から息を詰めるような吐息がもれた。

暗闇の中でも——だからこそ、よけいになのか、壮絶に色っぽい。

仕事だ。任務だ。これも緊急時のテクニックの一つだ。

自分に言い聞かせながらも、南雲が逃れようと身動きしたせいで、密着している下肢を急激に意識した。妙にそわそわしてしまう。

指に触れる肌が吸いつくようで、無意識に隆起する脇腹を手のひらで撫で下ろす。

——ヤバい。

あわてて榊は両手を離すと、思い出してポケットから携帯を取り出した。

カメラモードにして、無造作に何枚かシャッターを切る。オートでフラッシュが光り、まぶしげに南雲が顔を背ける。

「やめてください…！」

もちろん、こんな状態を撮られるのはうれしいはずはない。が、両腕を拘束された形ではまともな抵抗もできない。

「おかしいな？　あの時はあんたの方から誘ってきたんだと思ったが？　確かに男を誘うのはうまいよな」

冷然と口にしながら、榊は片手に携帯を握ったまま、もう片方の手で再びシャツを広げ、手のひらで薄い肋骨《ろっこつ》から胸のあたりまで撫で上げた。

ふっ…と声をこらえる息遣いがかすかに空気を揺らし、ビクリ、と身体が震える。

榊が指先で小さく突き出した乳首を弾いた瞬間、かすかなあえぎ声がこぼれ落ちる。

「やめ…っ」

そしてきつく指先で摘《つ》まみ上《あ》げ、押し潰すようにしていじると、こらえきれずに高い声が飛び出した。

「嫌がってるわりには、遊んでほしそうにもう尖《とが》ってきてるけどな？」

榊は残酷に低く笑う。

実際、指の下で南雲の乳首は早くも硬く芯《しん》を立てている。いかにももの欲しげに。

さらにシャツを押し上げ、榊は身を屈めると、それを唇でついばんだ。

「あぁ…っ」

あせったような、しかしどこか甘い声が南雲の口からこぼれ落ちる。

榊は舌を使い、小さな芽を優しくなめ上げた。唾液をたっぷりとこすりつけ、弾くようにして舌先でもてあそぶと、仕上げに甘噛みする。

「あぁぁ…っ」

瞬間、びくん、と南雲の身体が跳ね、うわずった声が上がった。

「……っ、ん…っ、あぁ…っ」

いったん顔を上げた榊が濡《ぬ》れて敏感になった乳首をきつく指でこすると、さらに危うい声が溢《あふ》れ出《だ》す。

楽しくその声を聞きながら、榊は片方をさらに指でいじめながら、もう片方を唇で味わう。

南雲の息遣いが荒く乱れてくるのがわかる。ゾクゾクする。

身動きされるたび、榊の中心もこすり上げられて、相当にヤバい。

榊はそこから脇腹、下腹部へとキスを落としていった。わざと濡れた音を立てて、ゆっくりと。

わずかに顎を仰《の》け反《ぞ》らせ、小さく震える肌がひどくなまめかしい。

上体を起こすと、榊は南雲の膝のあたりに体重をかけて押さえこんだまま、ズボンの上から男の中心をなぞった。

ハッと、一瞬、南雲の動きが止まる。

いくぶん強く力を加えると、うめき声を押し殺し、南雲がにらんでくるのが闇の中でもはっきりとわかる。

「あんたも楽しんだ方がいいんじゃないのか?」

露悪的な調子で言いながら、榊はさらにそこを揉《も》みこむようにして刺激を与え、ベルトを外していく。

南雲がふっと息を吐き出し、わずかに身体の力を抜いた。

「楽しませて…、もらえるんですか……?」

開き直った——あるいは挑発的な眼差しが見つめてくる。

「あの時、俺を眠らせて帰ったことを後悔するくらいにはね」

にやりと笑ってうそぶくと、榊は南雲のファスナーを引き下ろし、膝のあたりまで下着ごと強引に引き下げる。

剝《む》き出《だ》しになった南雲のモノはすでにわずかに反り返し、愛撫《あいぶ》を待つように小刻みに震えていた。

「やっぱりココもキレイだな」

なかば嫌がらせみたいに言いながら、榊はそれを片手に収め、なめるように先端にキスをする。

ふっ、と一瞬、南雲が息を詰めた。

理性の崩れていく表情を見つめながら手の中で強弱をつけてしごいてやると、南雲が我慢できないように腰を揺すり、大きく身をよじる。

榊は誘われるままにそれを口の中に含んだ。

「やっ…、——あぁぁ……っ」

南雲の身体が大きく伸び上がり、悲鳴にも似た声がこぼれる。

だがそれも、榊が口の中でたっぷりとしゃぶり上げ、先端やくびれを集中的に舌先でなぞってやる

と、次第に甘い声に変わっていく。

南雲の中心は、口の中であっという間に硬くしなり始めた。

口を離すと、唾液に濡れたモノがいやらしく形を変え、誘うように揺れている。榊は先端から溢れ出す蜜をこすりつけ、根元の双球も交互に口で愛撫した。

たっぷりと可愛がってから顔を上げると、南雲も大きく息を吐く。

「腕を…、自由にしてくれませんか…?」

いくぶん甘える口調で頼んできた。

が、榊も同じ轍《てつ》を踏む気はない。

「ダメだな。何されるかわからねぇから」

「……こういうプレイがお好きだとは思いませんでした」

冷ややかに指摘され、榊は小さく肩をすくめた。

「時と場合による」

そしていったん南雲の身体から下りると、ズボンの絡んだ足を膝に抱える形ですわり直した。

「とても可愛い格好ですけどね」

南雲の膝を胸につくくらい折りたたみ、真正面から顔を見つめて、にっこりと笑う。

「殺しますよ」

「恐いな…」

真顔で言われ、思わず首を縮める。

「満足させてあげますよ」

それでも剝き出しの内腿《うちもも》を撫でながら言うと、榊はわずかに南雲の腰を浮かせるようにして顔を埋めた。

まさかこんな展開になるとは予想もしていなかったので、当然ながら潤滑剤の用意などない。

榊はさっきさんざん可愛がった根元のあたりから後ろの細い溝へと舌を伸ばした。

ビクッ、と逃げるように南雲の腰が動いたが、それを強引に押さえこんで、さらに執拗《しつよう》になめ上げる。

「……ふ…、……ん…っ、あぁ…っ、あっ…」

唾液に濡れた部分を指先でこすり上げてやると、南雲がとうとう淫らな声であえぎ始める。感じる場所らしい。息遣いが乱れ、腰が焦《じ》れるように揺れる。すっかり形を変えて突き出しているモノの先端から、ポタポタと蜜が滴っている。

そこからさらに奥へと、榊は舌をすべらせた。

深い谷間の、きつく閉ざされた一番奥。

指先で押し開くようにすると、あっ、と南雲があせった声を上げた。

「ここで商売してるんだろう?」

意地悪く言いながら、榊は窄《すぼ》まった襞《ひだ》に舌を這わせた。

「あぁぁ…っ、もう…っ、やめ……っ」

腰が大きく跳ね上がったが、力ずくで押さえこみ、唾液をたっぷりと送りこむ。

淫らに濡れた音が空気を揺らし、次第に南雲の抵抗も弱くなって、硬く拒絶していた襞がやわらかくとろけてきた。指でさらに押し開き、奥まで舌先を差しこむと、吸いついてくるみたいにくわえこもうとする。

吐息で笑い、榊はいったん顔を上げた。

顔を背けたまま、南雲は大きく胸をあえがせている。

それを見つめたまま、榊は指を一本、その部分に差しこんだ。

「あっ…」

小さく震える声が上がったが、南雲のうしろはほとんど抵抗もなく榊の指を呑みこんでいく。

根元まで差し入れ、ぐるりと掻きまわすようにしてから何度も抜き差ししてやる。

「あっ…、ん…っ、……あぁ…っ、あっ…、ふ…ぅ…」

南雲の腰はそれを貪欲に味わい、きつく締めつけた。

指を二本に増やし、さらに南雲の弱いところを探るように内壁をこすり上げると、明らかに一点で反応が違う。

「あぁぁ…っ、いや…っ、そこは……っ」

集中的にそこを攻めてやると、ガクガクと腰を震わせて大きく身悶《みもだ》えた。

「すごい感じてますね…」

ささやくように言葉を落とし、榊は熱く潤んだ中を執拗に掻き乱す。

もう片方の手で内腿を愛撫し、こらえきれずに蜜を溢れさせている先端をきつくこすり上げてやる。

ぎゅっ…とうしろに入れている指がちぎれるくらいに締めつけられ、その抵抗を楽しみながら榊は抜き差しを繰り返した。

イッてしまわないように調整しながら、ギリギリまで焦らしてやる。

「このまま指で…、イキます？　それとも俺の、欲しいですか？」

いったん指を引き、ヒクヒクともの欲しげにうごめく襞を爪でなぶりながら榊は尋ねた。

聞きながら携帯を手元に引きよせ、適当な角度で何枚も写真を撮る。画面を見ていないからまともに写っていない写真も多いだろうが、きれいなものが数枚あれば問題はない。

「……入れて……ください……」

悔しそうに南雲がうめいた。

艶《あで》やかで、どこかはかなげで、そしてこんな状況でも凛《りん》として清廉な表情に、心臓が直撃される。

――やっぱり、この人はヤバい……。

内心でうめきながらも、榊は片手で自分のファスナーに手を掛ける。

いつの間にか、自分のモノもいいかげん高ぶっていたらしく、引き下ろすのも苦労するほどパンパンだ。

先端をヒクつく襞に押し当てると、いっせいにうごめいてくわえこもうとする。

「早く……！」

かすれた声でうながされ、それだけで限界だった。

グッと押し入れると、熱い粘膜が一気に絡みついてくる。快感の波が押しよせ、一気に持っていかれそうになる。

夢中で腰を使いながらも、榊は片手でシャッターを切った。

まさにハメ撮り——だ。

最低だな…、と内心で忸怩《じくじ》たる思いを噛みしめる。

「あぁ…、あぁ…っ、いい……っ」

顎を仰け反らせ、小さく開いた唇からのぞく赤い舌がひどく扇情的で、榊は誘われるままに南雲の顎をつかんだ。

ふっとまぶたが持ち上がり、潤んだ目が瞬《まばた》く。

間違いなく、その唇が小さな笑みを作った。

——クソッ…。

内心で罵《ののし》りながらも、あらがいようがなく榊は夢中で唇を奪った。

どっちが罠《わな》にはまったのかもわからない。

舌が絡み合い、おたがいの唾液が混じって滴り落ちる。何度もキスを交わす。

さらに深く呑みこもうとするみたいに腰の奥で締めつけられ、こらえきれずに榊は携帯を手放した。

細い腰をつかみ、激しく突き上げる。

頭の芯が白く濁り、それでもなけなしの理性と男の矜持《きょうじ》をかき集めて、なんとかこらえた。

が、それも限界を超えそうになった頃、大きく身体を反り返らせて南雲が達した。

榊はとっさに自分のを引き抜き、そして次の瞬間、南雲の腹にぶちまける。

鳥肌が立つみたいな、すさまじい快感が全身を襲った。

荒い息が絶え間なく口からもれる。

しばらくは放心状態で、言葉も出ないくらいだった。

……本当にヤバい。

それでもなんとか息を整えると、南雲の顔をうかがってみる。

「顔に…、ぶっかけられるのかと思いましたよ……」

すると南雲も、じっとこちらを見つめていた。

さっきまでの乱れた様子もなく、淡々と言ってくる。

「そこまで鬼畜じゃない」

いかにも心外そうに榊は返した。

「そうですか？　十分だと思いますけどね…」

「あなたの客にはそういう男が多いんですか？」

「こんなことをされたのは初めてですよ。腕が痺《しび》れて、しばらく使えそうにありませんから」

あからさまな嫌みに、榊はとぼけて言った。

「夜の仕事はやめた方がいいんじゃないかな？」

「どの口がそれを言うんです？」

「まぁ…、そうだな」

あの夜の三万の代価だと思えば、さっきまで自分は「客」だったわけだ。

「用がすんだらどいてください」

厳しく言われ、その前にとりあえず榊はカメラのシャッターを切って、精液に濡れた身体の写真を撮っておく。

さすがに南雲が眉をひそめた。

「最低ですね…」

自分でもそう思う。

が、榊はあえてさらりと言った。

「あんたが約束を守ってくれれば、これは破棄するよ」

「約束などした覚えはありませんが？」

「ボディガードの件、よろしくお願いしますよ」

ことさらバカ丁寧に頼むと、榊はポケットのハンカチで南雲の腹の汚れをぬぐいとった。

ズボンを腰のあたりまで引き上げ、ようやく南雲の上体を起こすと、肘まで落ちていた上着を肩にもどしてやる。

「こんなことをして…、私が社長に何も言わないとでも思ってるんですか？　おとなしく言うことを聞くとでも？」

一足先に立ち上がった榊を見上げ、身繕いをしながら南雲が冷ややかに尋ねてくる。

「その時はその時だ」

大きく息を吐き出し、榊は言った。

「腹いせにこの写真を社内に一斉送信して、あんたが夜やってることを怪文書にしてばらまく」

「……下劣な上に知性のカケラもないやり方ですね」

ようやく立ち上がった南雲が、スーツの裾やズボンの埃《ほこり》を払いながら顔をしかめる。

「やり方を選んでいられる状況じゃないもんでね」

時間もない。

「それでもし、社長があなたの言う合成麻薬に何の関わりもなかったとしたらどうするつもりです？　不法侵入の上に暴行、強姦《ごうかん》。それに脅迫。罪状が増える一方ですけど？」

冷たい眼差しが問いただす。

「その時は――」

正直、何も考えていなかった。まるっきり見当違いだったら、もうどうにもならない。

両手を上げ、榊は言った。

「俺をあんたの好きにすればいい。警察に突き出すなり、社内で吊《つる》し上《あ》げるなり」

……とはいえ。

「ただ強姦っていうのはどうかな…。俺としちゃ、あの日のツケを今払ってもらっただけだと理解しているが？」

首をひねってみせる。

「それに、あなたもかなり楽しんでくれていたように見えたけどね？　俺の、すごい勢いでくわえこんでたし？」

にやっと笑って言った嫌がらせみたいな言葉に、南雲がわずかに目をすがめる。

そして、落ち着いた様子で投げ出されたカバンを拾い上げた。

「明日、社長には話を通しておきます」

9

「榊充嗣《さかきみつぐ》……？　ああ、あの時の警備員だね」

翌日――。

海外からの客を迎えるにあたり、榊をボディガードにしたらどうか、という提案を南雲《なぐも》がした時、すぐに思い出して社長が口にした。やはりインパクトは強かったようだ。

朝の定例会議の席である。厳密には、専務や常務が退出したあと、社長が副社長とその客の接待についての相談をしていたので、ちょうどいいタイミングと言える。

「うん、なるほど。確かに彼なら頼りになりそうだな」

何度も大きくうなずく。

「いい考えだ。この間みたいなことがあっても困るからね」

「でもずいぶん急ですのね。榊さんて方、もしかして南雲さんのタイプなのかしら？」

そんなやりとりを耳にしていた副社長秘書である麻奈美《まなみ》が、無邪気な素振りで微笑《ほほえ》んだ。

いくぶん冗談めかしているものの、明らかに社長に動揺を与えるつもりなのだろう。

「南雲さんなら、相手が男性でも女性でも、モテそうですものね」

「えっ、そうなのか？」

実際、驚いたように社長が聞き返してくる。

「まさか…。ただちょっと、彼には気になるところがありまして」

それをさらりと受け流し、南雲はいくぶん声を潜めて続けた。

「もしかしたらあの男…、どこかの産業スパイか何かではないかと」

「産業スパイ?」

さすがに顔色を変えて、社長が繰り返した。

「はい。昨日、たまたますれ違った時に自分から売りこんできたのですが、いろいろと……会社や社長のことを聞かれまして。もちろん自分の職場ですから、単なる興味からかもしれませんが」

「だったらなぜ…、ボディガードなんかに採用しようというんだね?」

首をかしげて副社長が聞いてくる。

「いえ、産業スパイだと決まったわけではありませんし、そういう類とはちょっと違う気もして…。何か別の目的があるのかもしれません」

「別の目的?」

迷うように言った南雲に、社長が難しく眉をよせる。

「といっても、私のうがちすぎかもしれませんので。ただ、それを確認するためにも近くにおいて、しばらく様子を見た方がいいと思うのです。本当に何かあれば、狙いもはっきりするはずですし、しっぽもつかみやすいでしょうから」

ううむ…、と副社長が腕を組んで考えこんだ。麻奈美も横で、さすがにとまどった様子で視線を漂わせている。

「どう思うね？　響一《きょういち》君」

　副社長が社長に意見を求める。

「あ、いや…、しかし、怪しげな人間を客に近づけるというのは…」

　社長が困った表情でうなった。

「そうだな…」

　副社長もため息をつく。

　と、麻奈美が横から口を開いた。

「でも…、彼が警備員として優秀なのは間違いないのでしょう？　先日のこともそうですけど、正体がバレないようにと考えているのなら、それこそボディガードとしては完璧に役目を果たしてくれるんじゃないでしょうか？　そもそも、南雲さんの思いこみということもあるかもしれませんし」

　いくぶん皮肉めいた言葉を、南雲はさらりと受け止めた。

「はい。そうだといいと思います。いずれにしても、ボディガードならそれほど踏み込んだ場面に立ち会うこともないわけですし、欲しい情報があればきっと怪しい動きがあるはずですから、近くで見ていればわかるのではないかと。決定的な現場を押さえることができれば、依頼した相手もわかるでしょうから」

「うん…、そうだな。じゃあ、我々は素知らぬふりでその男を見張っていればいいわけだな」

　社長が顎《あご》を撫《な》でながら確認した。

「それがいいかもしれないね。曖昧《あいまい》なままに放っておくのもよくないだろう」

副社長も同意する。

「では、今日にでもボディガードの件は打診してもよろしいですか？　社長のスケジュールについては事前に彼に伝えることはせず、その都度、指示してついてきてもらえばいいでしょう。それだと、事前にどこかへ情報を流すこともできませんから」

「それがいいね」

南雲の言葉に社長がうなずく。

「……とはいえ、そもそもローレンスのスケジュールも直前にならないとわからないからね。政府関係の仕事もあっていそがしい身体のようだし、来日は自家用ジェットだそうだからな」

やれやれ、と社長がため息をつく。とはいえ、そんな大物との面会は少しばかり自慢そうな様子だ。

「自家用ジェットですか…」

麻奈美が感嘆したような声を上げる。

「すごいね」

と、副社長も笑みを浮かべた。

「ともかく、ラドナムとの商談がうまくいけば、タケヒサもまた一歩、世界に向かって大きく踏み出せますからね」

社長としても長年の努力が実を結ぼうというところなのだ。

「南雲君も大変だろうがよろしく頼むよ」

振り向いて言われ、はい、と南雲は黙礼して微笑んだ。

10

「あっ、榊《さかき》さん。——へーっ、スーツ姿、カッコイイじゃないっすかー！」

よっ、といつもの調子で気軽に警備室に姿を現した榊に、振り返った斉藤《さいとう》が大きく声を上げた。

「いやー、スーツ持ってなかったからあわてて買ったんだよ、これ。すげー出費。社長のそばにいるのに、あんまり安物でもまずいみたいだしさ…」

それに榊はちょっと頬を掻《か》いてみせる。

昨日、昼前になって社長室に呼ばれ、警備会社には話を通しておくので、警備員からのシフトチェンジの形でしばらくボディガードを頼みたい、という依頼が正式に伝えられた。

「お役に立てるかどうかわかりませんが」

謙虚な返事で受けた榊は、同席していた南雲《なぐも》の顔をちらっと盗み見たが、当然ながら素知らぬふりをしていた。

今日からボディガードとしての初出勤で、警備員の制服に着替えることなく社長室に向かったのだが、今はガードの必要がない会議中で、榊の仕事は待機になる。

社内のすぐに呼び出せる場所にいればいいと言われ、その間、古巣の警備室に挨拶《あいさつ》に出向いていた。

やはり何かの時のために、友好を深めておくことは重要だ。

「出世したよなぁ…、榊」

主任の花江《はなえ》がいかにもうらやましそうにうなる。

「給料も身分も変わんないですから」

それに榊は苦笑して、ひらひらと手を振ってみせる。

実際、現状でも警備会社の社員であり、警備の対象がビルから人間になった、というだけなのだ。

「特別ボーナスとか出るんじゃないの？」

「ないですよ、そんなの。社長の仕事に合わせて、多少残業手当がつくくらいですかねえ…。土日の休日出勤とか。でもやっぱり気疲れすることが多くて。ここにいるみたいに暢気《のんき》に無駄口たたけないですしね。……おっと、無駄口じゃないか」

社員の里崎《さとざき》はいなかったが、榊は背後を振り返ってあわてて口を塞いでみせる。

「でも、夜勤ないのはいいよなぁ…」

斉藤がペンを指先でもてあそびながらぼやいた。

「その代わり、あっちこっち移動が多いみたいだけどな。社長の腰巾着だから。夜とか社長が飲んでても、俺は飲めないわけだし」

ひゃっひゃっと若い連中が笑う。

「えー、でも秘書室の人とかとお近づきになる機会は増えたわけでしょ？　合コン、仕切ってくださいよー」

横からそんな要望が上がり、そうそうっ、と少しばかり盛り上がる。

「いや、ぜんぜん無理だから。とても俺なんか声、かけられねーって。……そういえば、この間のヤツ、まさかの産業スパイだったって？」
榊はモニターの前にすわっていた西峯《にしみね》に視線をやった。

先日、榊たちが捕まえたコソ泥は、あのあと里崎や顧問弁護士や危機管理担当の社員がよってたかって尋問したらしい。

その報告が社長まで上がっており、ボディガードの話を聞いた時、ちらっと話題に出ていた。

まあ、榊自身、いろんな意味で当事者でもある。

「というほど、上等なもんじゃなかったようだな。俺もさっき、里崎さんに聞いたとこだけど」

西峯が肩をすくめて返してきた。そしていくぶん意味ありげに榊を眺め、にやりと笑う。

「私立探偵みたいだぞ？　あいつ」

へぇ…、榊は思わず引きつった笑みを浮かべる。

「どこかのライバルメーカーに頼まれたってことか？」

「いや。というか、何でもいいから情報を手に入れてそれをライバル社に売りつけることを考えていたらしいな。新薬データでも手に入れば、どこへ売っても莫大《ばくだい》な金になると聞いたんだとさ」

「私立探偵がそんな産業スパイみたいなことやるんだ」

斉藤がつぶやく。

「犬ネコ捜しが本業なんだろうけど、それじゃ食ってけなくてちょっと考えたんじゃないのか？　まあ、私立探偵なんて、胡散臭《うさんくさ》いヤツが多いからなぁ…」

何気なく聞こえる言葉だが、にやにやと、明らかに榊への当てこすりだ。

「やっぱ、金になるんだなぁ…、製薬メーカーの情報って」

花江がため息をついてうなる。

「ちょっと憧《あこが》れてたんですけどねー、ハードボイルドな私立探偵。美人の依頼人とか」

斉藤がちょっとワクワクした声を上げる。ＡＶだけではなく、普通に洋画も観ているらしい。

「いやぁ、警備員の方が堅実でいいと思うよ？　うっかり庭師の車に紛れこんで脱走したでぶネコ捜すくらいなら楽なんだろうけど、依頼人はおしゃべりな有閑《ゆうかん》マダムかもしれないしな。依頼人をたらしこむテクがないとなかなか続かない仕事だよなー」

すかした顔で西峯が続ける。

どうやらメリッサの本部で榊が依頼人のマダムと話していた通話を、この男も別室で聞いていたらしい。もしくは、聞いていた連中からの又聞きか。話題にするほどのおもしろいネタでもないと思うのだが。

「なんか具体的っすね、西峯さん」

斉藤がちょっと目を丸くする。

「うん。昔の知り合いでそんなのがいたから。ろくなヤツじゃなかったな。女にだらしなくて」

しゃあしゃあと答えた男を、榊は思わず横目でにらんだ。

と、その時、ポケットで携帯が音を立てて、榊は素早く取り出す。

表示された相手は「南雲」だ。

色っぽい話ではなく、榊が社長の警護につくことになった際、仕事上必要なため番号を交換していた。

一息おいてから、はい、と応答した榊に、淡々とした南雲の声が耳に流れこんでくる。

『会議は終わりました。今から社長が外出されます』

「わかりました。今、警備室ですので地下の駐車場でお待ちしています」

丁寧に返した榊に、よろしく、と感情のない声が返り、あっさりと通話を終える。

「社長、お出かけでーす」

いくぶん茶化す口調で言った榊に、ハハハ…、と軽い笑い声が上がる。

いってらっしゃーい、と送り出された背中を、何気なく立ち上がった西峯がぽんとたたいた。

「じゃ、俺もついでに駐車場の巡回してきます」

さりげない言葉で連れだって外へ出る。

「……ラドナムから客が来るの、いつだって？　まだ行き先はわからないのか？」

二人きりになったとたん、低く西峯が尋ねてくる。

それまでの和やかで軽い調子はかき消えて、少しばかりあせりもにじむ。

しかし内心であせっているのは、榊も同じだった。いや、それ以上だ。じりじりと、一秒ごと神経が削られている気がする。

「どっちもまだ知らされてない。実際、決まってないのかもしれないが。おそらく直前にならないと教えられないんだろうな…」

眉間に皺《しわ》を寄せ、榊も低く返す。西峯が難しい顔でうなった。

「なぁ…、やっぱり罠《わな》じゃないのか？　南雲さんが連中の仲間なら、うるさく探ってるおまえをほっとくはずがない。探偵だろうが何だろうが」

「かもな」

榊は小さくうなずいた。

昨夜のことは西峯にも伝えている。……もちろん、言わなくてもいい部分は省いて、だが。

途中で南雲が入ってきて、とりあえず説得してボディガードに推薦してもらうことになった、というかなり大雑把な説明だ。

確かに、罠かもしれない。その確率はかなり高い。うまくいきすぎている。

「だとしても、行くしかない」

というより、あれだけの暴挙を働いて、南雲が素直にこっちの思い通りに動いてくれるとは思えない。もっともいい方に考えれば、南雲が連中の仲間ではなく、正しく会社のことを心配している――のかもしれないが。

「立花《たちばな》はもう死んでるかもしれないんだぞ？」

「そう簡単に死ぬ男じゃない」

残された家族の思いを知っているだけになおさらだ。

静かに返した榊に、西峯がため息をつく。

もし南雲が連中の一味で、榊を始末しようと思えば、やはりその前に誰に頼まれたのかを確認したいはずだ。だとすれば、柊真《とうま》と同じ場所に連れこむ可能性は大きい。

そして柊真と榊と、個別に死体の始末をするよりも、まとめてやった方があと片付けは楽になる。

死体の始末というのは、相当に面倒なものだ。死体が出ない形で処理するつもりなら、さらに難しい。チンケな私立探偵はともかく、麻薬取締官《まやくとりしまりかん》を殺すと捜査は執拗《しつよう》に行われる。

さらに人間も、殺してしまうと臭いが出る。それはかなりやっかいなはずで、そうなると榊を捕まえて吐かせる間は、柊真を殺すのも先送りするだろう。……まだ死んでなければ、だが。

今のところ死体が出たという報告はない。

ならば、まだ可能性はあるはずだった。

もっとも——南雲が連中の仲間でなければいい…、と、どこか切ない思いもあった。

南雲が連中に加担しているのであれば、きっと金のためだろうから。ただそれは、遊ぶ金ではない。

甘いな…、とちょっと自嘲する。

そして、もし南雲が関わっているなら——どうなるのだろう?

最終的にメリッサがどういう始末をつけるのか、榊にはわからない。

タケヒサのような大きな会社を潰すのは社会的な影響も大きいし、おそらく関わっている人間を特定して、該当者だけを「排除」する。

どれだけ深く関わっているかにもよるが——使い走り程度の役目の人間なら、恐喝や暴行程度の罪状で日本で服役させる。国際犯罪になるので、関与の深さによっては国外へ連れ出し、メリッサで尋問する。そして背後関係やつながりを聞き出し、目の届く刑務所での服役になる。

ただ、拠点を突き止めた時、相手がおとなしく投降するなどということはまずあり得ず、かなり荒っぽい仕事になることが多かった。

……相手がこっちを殺す気でくる以上、こちらもそれなりの対処になる。つまり、そういうことだ。

「上の判断を仰いだらどうだ？　それならバックアップがつく」

「いや…」

心配げな西峯の言葉に、榊は短く答えた。

「きっと場所がわかるのは直前だ。バタバタしてヘタにこっちの動きが知れると、向こうも警戒するだろう。仕掛けた以上、ここでしっぽをつかむしかない」

実際、ここでキャンディの供給を止めなければ、世界中に工場がフランチャイズされることにもなりかねないのだ。

……その建前——事実も、確かにある。

が、本当は、突入にバックアップが入ると完全にチームでの任務《ミッション》になる。正式な軍事作戦だ。そうなると、榊個人もチームを危険にさらす勝手な行動は許されない。

目的は、組織の解明と製造場所の特定。それが最優先となり、柊真の救出は二の次になる。

しかし榊にとっては、柊真の救出こそが優先事項だ。そのために、自由に動ける状態でいたかった。

あるいは、メリッサの目的とは違った結果になったとしても。

榊の横顔を眺め、西峯がハァ…、とため息をついた。そして静かに口を開く。

「どうやら、ラドナムの船が近々、入港するらしい。客の来日はそれに合わせるのかもな」

「船？」

「貨物船だ。大井埠頭《おおいふとう》」

「ということは、それで現物の運搬……」

頭の中で整理しながら言いかけて、ハッと榊は気づいた。

そうではない。いや、それもそうなのだが、西峯の言いたいのはおそらく、絶対に死体が見つからない形で人一人を完全に「行方不明」にしたいのなら、海のど真ん中に捨てればいい——ということだ。

つまり、柊真はそれに乗せられる可能性がある。生きたままか、死体でかはともかく。

それがリミットなのだ。それまでに見つけなければ。

「ともかく、常に位置情報が入るようにしとけ。バックアップもすぐに動けるように準備はしておく」

それ以上は言わず、西峯がパン、と背中をたたいた。

ああ…、と榊も吐き出す息でうなずく。

——だが多分、応援を待っている余裕はない。

それはわかっていた。


それから数日、榊はボディガードとして社長についてまわっていた。

会議や本社での仕事中は警備室で過ごしたり、社長室の前で立ち番をしたり。

否応《いやおう》なく、毎日のように南雲と顔をつきあわせることになったが、素っ気ない事務的な会話に終始していた。

南雲からすれば、顔も見たくないのかもしれない。

とはいえ、まったく自分に興味がないわけでもない――気もする。

榊の言ったことを素直に信じることはできなくても引っかかっているのかもしれないし、とにかくしばらく様子を見てみよう、という感覚かもしれない。

もう少し打ち解けて話ができれば説得できるかもしれない、とは思うのだが、なかなかその隙はなかった。

まあ、こちらも腹を割って話すことができない以上、ただ信用してくれ、というのは難しい話だ。

内心でジリジリとしたあせりはあったが、ここでうかつな動きをして怪しまれるわけにはいかない。

いざとなったらもう一度、南雲を脅すか――搦《から》め手《て》で懐柔《かいじゅう》するしかない。覚悟はあったが、できればその手は使いたくなかった。

……もっとも南雲が連中の仲間であれば、榊を料理するタイミングを計っているだけだろうが。

社長と副社長とは身内だけに仕事上でもプライベートでも気安い関係で、社内でもよく顔を合わせており、榊も一応、紹介されていた。

「このところ何かと物騒だからね。社長をよろしく頼むよ」

と、言葉もかけられ、同様に秘書の麻奈美《まなみ》ともよく顔を合わせる形になる。

こっそりと色っぽい視線を送られて、また飲みましょ、とすれ違いざまにささやかれた。

やはり自分の魅力は、同性よりは異性にアピールするんだろーなー、と、……まあ、その方が汎用性も高く、任務には役立つ。

例のラドナムからの客――ローレンス某《なにがし》が来日したという情報は、途中で西峯から入っていたが、すぐに社長が接触する様子はなかった。

相手方に表向きの仕事があるのかもしれないし、例の貨物船の入港を待っている可能性もある。

だとすれば、本当にチャンスは一度しかない。

それまではとにかく、仕事ぶりで信頼を得るしかなかった。

車のドアの開け閉めから、混雑した場所でのさりげないガード。

どこかのお偉いさん関係の結婚式に出席した時には、たまたま見かけたご祝儀泥棒を捕まえて会場の警備員に突き出し、少しばかり社長としてもまわりにいい顔ができたかもしれない。

「いや、やっぱり榊君は頼りになるねえ…。このまま問題なければ、正社員になってもらってもいいくらいだよ」

と、ありがたいお言葉を賜った。

南雲の方は例によって、そうですね、と淡々とした表情だったが。

言外の、「少しは使えるようですね」と言わんばかりの冷たい眼差《まなざ》しにちょっとゾクゾクしてしまうのは、まずい兆候だ。特にそっちの嗜好《しこう》はなかったはずだが、ちょっと自信がなくなってくる。

何というか、美人に冷たくあしらわれる快感と、その冷たい美人を組み敷いて思うままにあえがせる快感――というダブルの相乗効果で、体内のアドレナリンが沸騰しそうだ。

榊がボディガードについて五日目のこの日、朝から社長は精力的に動きまわり、榊も引っ張り回されることになった。

本社に一度、午前中に顔を出したあとは、主催する学会で挨拶をし、同業他社の社長たちとの会食があり、医師会の懇親会に参加――とほぼ外回りで、西峯と言葉を交わす余裕もなかった。

もっとも会食やら会談やらには榊が同席するはずもなく――南雲はほとんどの場所で社長のそばにいたが――ドアの外か、学会のような集まりだといくぶん遠くから警戒する形になる。まあ、計画的に命を狙われているわけではないので、問題はないはずだ。そもそも本社での襲撃も仕込みなのだ。

ホテルでの懇親会などでは、さすがに社長にしても「命が狙われてる」などと人聞きの悪いことを喧伝《けんでん》するわけにもいかず、榊は立食会場の隅でヒラのお付きのふりでおとなしく社長を見守っていた。

……むしろ、監視していた。

しかし、南雲が社長に短く断り、手洗いか何かだろうか、会場を抜け出すのが目に入って、榊はそっとあとを追った。

フロアの隅にあるトイレに入るのを確認し、出てきた男とすれ違うようにしてすべりこむ。

ざっと見まわした限り人影はなく、個室が一つ、塞がっていた。

連れションがしたかったわけではないが、実際に用を足しているのか、隠れて悪巧みをしているのかはわからない。

とりあえず、手洗いのスペースで出てくるのを待つ。

ほどなく水音がして、出てきた南雲はちらっと榊の顔を見たが、無表情なまま手を洗った。

「あなたは社長のボディガードなのでは？　警護対象者から目を離すのは職務怠慢ですね」

ハンカチを出しながら、鏡越しにさらりと強烈な皮肉を浴びせる。

「ボディガードでもトイレくらい行くさ」

肩をすくめて返した榊に、さらに冷ややかな声が突き刺さる。

「水分を控えて、その調整もするのがプロなのでは？」

「臨時のボディガードなもので、そこまで修練ができてなくて申し訳ない」

とりあえずあやまった次の瞬間、榊は強引に南雲の腕を引いた。そのまま壁際に押さえこむ。

片手で囲うように壁につき、いわゆる壁ドンの体勢だったが、そんな胸がときめく状況ではない。場所もトイレだ。

「教えてくれ。ローレンスとはいつ会う？」

顔を近づけ、耳元でなかば懇願、なかば脅しとも言える調子で尋ねた。

それに南雲がわずかに上目遣いで榊を眺める。

「どうしてそんなに必死なんです？　金のためですか？　依頼人に誠実なのは立派ですが、仮に…、本当に社長やローレンスが麻薬に関わっているとしたら、そんな連中相手に命の危険も大きいでしょう。単なる私立探偵がそこまで身体を張ることもないのでは？」

もっともな疑問だった。

小さく息を吐き、榊は言った。

「友達が…、連中に捕まってる。時間がない」

わずかに眉をよせ、じっと榊を見透かすようにしてから、南雲が榊の肩を押し返す。そして榊に背を向けて出入り口へ向かいながらさらりと言った。

「社長とは今晩、会食の予定になっています」

——今晩。

無意識に身を引き締め、思い出して榊は南雲の背中にあわてて問いを重ねた。

「視察は？」

問題はその場所だ。

「今夜の会食であちらの希望をお聞きしてから決まるのでは？」

にべもなく答えて、南雲の姿が消えた。

ハァ…、と榊は息をつく。

今夜、わかるのか…？

その時点で場所がわかるのであれば、視察を待たず、先に偵察——侵入することも可能かもしれない。

頭の中で計算をする。じわり、と身体の内でその時が近づいている予感はあった。

だがどうやら、予想以上に早かったようだ。

懇親会の会場を出る前、南雲がロビーの隅で電話を受けているのは見かけていた。ちらっと目は合ったが、すぐに逸《そ》らされた。

立て続けに何本か電話で連絡を入れ、いろいろと調整しているらしい。秘書としての正しい仕事なのだろう。

もしかすると、夜の会食の予定が変わったのか…？

少しあせるような気持ちになる。これ以上、時間がかかると、柊真の体力も限界だろう。

まもなく、社長は南雲をともなって、予定の時間より少し早めに懇親会の会場をあとにした。

ドアを開けて二人をリアシートに送りこみ、榊は助手席に乗りこむ。

予定では一度本社にもどることになっていたが、ふと気がつくと、ルートが違う気がした。

行き先は告げられているはずの運転手に尋ねようとして、榊はマナーモードにしているポケットの携帯にメールの着信があったのに気づく。

素早く確認すると、西峯からだ。

『入港した』

と、過不足のない一言だけ。

ラドナムの船が港に入った、ということだ。

瞬間、背筋にザッ…と寒気が這《は》い上《あ》がった。

つまり、柊真を移すのは今夜しかない。貨物船が何日も停泊しているはずはなく、船は遅くとも明日の午前中には出港するはずだ。

――もしかして、今、その場所へ向かっているのか…？

ドクッ…、と心臓が大きく脈打った。

ローレンスが何かを——キャンディの製品にしても、新しいドラッグのサンプルにしても——受け取って船に積みこむつもりであれば。

榊は思わずリアシートの南雲を振り返った。

「何ですか？」

まっすぐに、淡々とした眼差しが問い返してくる。

「……いえ」

唇をなめ、榊は前に向き直った。

おそらく予定は、ついさっき変更されたのだろう。ことさら南雲が嘘《うそ》をついていたわけではない。

実際、社長のいくぶんいらだった声が聞こえてくる。

「まったく急だな…。まあ、あちらの立場を考えれば仕方がないが。あとの調整は問題ないかね？」

「はい、大丈夫です。秘書室の方から所長にも連絡が行っているはずですから」

それに落ち着いて南雲が答えている。

そして三十分ほどで車がたどりついたのは、多摩川の河口付近にある、やはりタケヒサの研究所の一つだった。

敷地《しきち》へ入る門から一番手前のビルまででもかなり長いアプローチで、どうやら研究所と倉庫、工場も併設されているらしく、広大な敷地だ。

もしここに柊真が捕らえられているとしたら、捜し出すのも、連れて逃げるのもかなり困難だと想像はできる。

榊は無意識に奥歯を噛みしめた。

一番手前の、五階建てくらいの建物の前で停車すると、中からスーツ姿の男が数人、あわてた様子で出迎えに姿を現した。

一人が恭《うやうや》しく開いたリアシートのドアから社長が降り、一列に並んだ男たちがかしこまって頭を下げる。

南雲も素早く降りて社長の脇に立ち、榊は二人の背中を見ながら後ろの方で控えていた。

「やあ、橋本《はしもと》所長。こんな時間、急に申し訳なかったね」

社長が声をかけた一人が、研究所の所長らしい。五十代なかばの、研究者というよりは事務屋といった雰囲気の男だ。

榊はさりげなく男を観察する。

この研究所でキャンディの製造、そして新しい合成麻薬の研究が行われているのなら、この男が関わっている可能性は高い——が。

「いえいえ、とんでもありませんよ。いつお越しいただいても問題ありません」

社長の言葉に、所長が愛想よく返した。

「ローレンスは直接こちらに来るんだね？」

振り返って、社長が南雲に確認している。

「はい。そのように相手方の秘書から連絡を受けております」

答えてから、南雲がちらっと腕時計に視線を落とした。

「四時半ということでしたが、仕事の都合で少し遅れるかもしれないと」

榊も素早く時計に目をやる。今、ちょうど四時だ。

「では、その前に打ち合わせをしておこうか、所長。ここを視察するのなら、ルートも決めておかないとな。全部見せてまわるわけにもいかんしね」

社長の言葉に、では、と所長が先に立って、一同がぞろぞろと中へ入っていく。

「私は車で待機していた方がよろしいですか？」

榊がその背中にさりげなく尋ねると、肩越しに振り返った社長がちらっと一瞬、南雲の顔を見てから、「ああ、そうだね」とうなずいた。

南雲も一度、うかがうような目を榊に向けてから、社長のあとについて建物の中へ消える。

車を駐車場へ移動させようとしていた運転手に、缶コーヒーでも飲んできます、と軽く声をかけて、榊は素早く建物のロビーへ足を踏み入れた。実際、そこにも自販機があり、榊はふらふらと気楽な様子でコインを入れてコーヒーを買うと、蓋を開けながら入り口付近の案内板へ近づいた。

研究所敷地内の大雑把な説明と位置関係がわかる。

今、榊のいるのが管理棟、その裏に研究棟、東側に工場があり、その後ろが倉庫群になっているらしい。

倉庫群がかなりの敷地面積をとっているが、裏の研究棟も相当に大きい。二つの建物が五つのブロックに分かれているらしく、この管理棟とも渡り廊下でつながっている。

榊は無意識に配置図をにらんだ。

キャンディの製法や製造量、流通のルート、資金や売り上げ、関わっている人間――と、メリッサで探しているそのデータがあるとすれば、PCかクラウドの中、もしくは記憶メディアだろうし、それを探すのであれば、まずはこの管理棟――所長の部屋あたり、になる。

だが柊真が捕らえられているとすれば、一般の人間の出入りが激しい管理棟などではないはずだ。おそらくはキャンディの「工場」にもなっている研究棟の――どこか。

もちろんタケヒサの正規の製薬であれば、グループ会社が専用の工場で大規模に作っているはずだが、まさかそこまでではないはずだ。ドラッグの製造工場といえば、普通はマンションの一室レベルになる。それに比べると、研究所の一角で機械的に作っているとすれば、ロット、というか、パケ数というべきか、かなり大規模と言えるレベルだ。まだ国内ではそれほど流通していないところをみると、ほとんどが輸出されているのだろう。

とにかく――。

榊は息を吸いこみ、腹に力をこめた。

柊真がここにいるかどうか確かめるのが先決だった。その、生死の確認。

ここがタケヒサのキャンディ製造の中枢だったとしても、何も知らず、普通に働いている社員がほとんどのはずだ。彼らを危険にさらすわけにはいかない。

監禁場所が特定できれば、いったんローレンスに「視察」をさせたあと、夜にもう一度もどってくる方が確実かもしれない。それなら、バックアップを要請することもできる。

……いや、もしも監禁場所が特定できなかったとしても、今夜、柊真を船に移すのであれば、その移動の瞬間を狙うことができるのか…？

頭の中で確率の高いやり方を考えていた時だった。

「よう、榊」

ふいに親しげに名前を呼ばれ、ハッと榊は玄関口を振り向いた。

見覚えのある男がふらりと自動ドアを抜けてくる。

本社の警備主任である花江だ。制服姿だった。

「……あれ、花江さん？　どうしたんですか、こんなところで？」

驚いたがそれでもなんとか肩の力を抜いて、榊は素っ頓狂《すっとんきょう》な口調を作った。

「いやー、なんか急に呼び出されて、こっちの警備のサポートに入ってくれって言われてさ。どっかのお偉いさんが来るみたいだな」

だるそうに花江が肩をすくめてみせる。

ローレンスの視察に合わせて、関係のない人間を近づけないように……だろうか。

「へえ…。他にも誰か来てるんですか？」

何気ない様子で榊は尋ねた。

悪くない展開だ。視察の連絡が警備室の西峯の耳に入っていれば、場所を確定できたはずだ。

西峯自身、名乗りを上げて花江に同行していてもおかしくない。

「手が空いてるのが俺だけだったからさぁ…。初めて来たよ、こんなとこ。まったくめんどうだよなぁ…。ちょうど帰り際だったんだぜ？」

「お疲れ様です」

ぶつぶつと言う花江に、慰めるように返しながら、内心で短く舌打ちする。

「超過手当、もらわねぇとな。――社長…、あぁ、南雲さんとか、中？　こっちの警備の人に聞きゃいいのかなぁ」

花江が確認する。

「ええ、所長室だと思いますよ」

答えた榊に、じゃあまたあとでなー、と片手を上げて、花江が奥へと進んでいく。

その背中をしばらく見送ってから、榊はコーヒーを飲み干して缶をゴミ箱へ投げ入れた。

――確かめるしかなかった。罠だったとしても。

いったん管理棟の外へ出た榊は、庭を横切って研究棟の方へまわっていく。変にコソコソするのではなく、ふらりと何気ない様子で歩みを進める。

管理棟の裏側へ出ると、広い庭を挟んで目の前に大きな建物が二つ、向かい合うようにそびえていた。高さとしては四階建てくらいで、アシンメトリー。片方の建物が微妙に小さく、親子というか、太陽と月というか、そんな一対に見える。二階と四階あたりが渡り廊下でつながっていて、金のかかっていそうな造りだ。

案内板で見る限り、中庭を囲むように五つのブロックに分かれているらしい。

榊は無意識に拳を握った。

研究棟にしても、工場にしても、この広大すぎる敷地を一カ所ずつ確認する余裕はない。何かとっかかりを見つける必要があった。

どうする……？

考えながら、とりあえず研究棟のまわりを一周し、福利厚生の一環か、二面あるテニスコートを横目にしながらベンチのある中庭へまわりこんだ時だった。

「――君！　誰だ？　ここは部外者は立ち入り禁止だぞっ！」

いくぶん険しい声が耳に飛びこんできて、榊がハッとそちらを向くと、白衣の男が胡散臭《うさんくさ》そうにこちらをにらんでいた。

どうやらここの研究者らしい。安物のスーツ姿が目立ったのかもしれない。

「あ…、すみません。俺、竹久《たけひさ》社長のお供でさっき来たところで。ちょっとめずらしくて、ついふらふらしちゃって。――ええと、これ、身分証です」

榊は頭を掻き、あわてて警備員の身分証を取り出してみせた。

「ああ、社長の……」

男も社長が来たことは知っていたらしい。一応、身分証をのぞき見て、榊の顔を確認する。

それでも硬い口調で言った。

「でもここは職員以外は立ち入り禁止だからね」

「すみません。……あの、実は怪しい人影がこっちの方に入ってくのを見かけたもので、ちょっと気になったんですよ。俺、警備員なんで……、あー、仕事柄っていうんですかね？」

愛想笑いで、榊はなかばカマをかけるように口にしてみる。

それに、あぁ…、と男が納得した様子でうなずいた。

「六号棟の連中だろ、きっと。外国人じゃなかったか？　ヒゲ面の」

具体的に聞き返され、榊は内心で、来たっ、と勢いこみつつ、さりげなく話に乗った。

「そうそう、そんな感じでしたよ。……へえ、外国人の研究者がいるんですか？」

「客員の研究者が二、三人ね。他にも、海外工場から研修だとかで十数人、来てるし。よく入れ替わるから、僕も顔は覚えてないんだよな…」

男が手にしていたタバコの箱をポケットに押しこみながら、わずかに顔をしかめる。どうやらタバコタイムに出てきていたらしい。

海外工場からの研修――ならば、ある意味、正しい認識になる。

「じゃあ、言葉、通じないんですか？　仕事、しづらいですねえ…」

いかにも同情したふうな榊の言葉に、男はポケットに手を突っこんだまま肩をすくめた。

「そうでもないさ。っていうか、指導を任されてる園田《そのだ》さん以外、全然他の研究者との関わりがないからね。それこそ、言葉が通じないせいか連中だけで固まってて、取っつきにくい感じだし。こっちもわざわざ誘わないしね」

男の口から出た、園田、という名前を、榊は頭の中にたたきこむ。その男が関わっていないはずはない。いわゆる、「工場長」みたいな立場だろうか。

「あー…、英語じゃないんですね？」

さりげなく、榊は確認した。英語なら、ここで働く研究員ならば普通に話せるはずだ。

「スペイン語じゃない？」

南米の人間か。もしかしなくても、ラドナムの。

核心に近づいている気配に、榊は急《せ》いてしまいそうになる自分をなんとか抑える。

「ちょっとガラ悪い感じだから、あんまり近づきたくないんだよね。偏見みたいでアレだけどさ…。海外工場の品質って大丈夫なのかなぁ…」

ちょっと眉をよせた男が、ふと思い出したように尋ねた。

「そういや、社長って何しに来てんの？」

やはりボスの動向は気になるらしい。

「なんか、海外からのお客さんがここに視察に来るみたいで、その接待ですよ」

「え？　じゃ、六号棟の？」

ちょっとあせって顔を引きつらせる。それこそ社長のお供の前で、海外研修生たちの結構な悪口を言った、と気がついたらしい。

「いやぁ…、俺も怪しそうとか、見かけで判断しちゃって」

照れ笑いで共犯者の笑みを浮かべてみせた榊に、男がホッとしたように愛想笑いで返す。

「まあ、彼らも慣れないところでがんばってるみたいだよ」

と、言い訳みたいな言葉を口にしてから、じゃあね、とそそくさと研究棟の非常口の方へ向かっていく。

――六号棟。

榊は頭の中で確認した。

さっき見た案内板では、研究棟の中が五つに分かれている、ということしか表示されていなかった。それぞれが一から五で呼ばれているとすると、六というのはイレギュラーだ。

「あ、六号棟ってどっちです？　海外のお客さんの視察なら、そっちへも行くと思うんですよー。下見しときたいんで」

榊は男の背中に急いで声を上げた。

ドアを開けたところで男が振り返り、右手を上げて一方を指で示す。

「ここの東！　一番端の倉庫を改装して使ってる」

過不足なく教えくれた男に、榊はどうも、とぺこりと頭を下げて見送った。

なるほど。一般の研究棟とは離れた場所に、研修所の名目で「キャンディ工場」を造ったわけだ。うまいやり方だった。

わざわざ他の研究者が近づくこともないし、元が倉庫なら窓も少なく、外から中はうかがいづらい。機械を運びこんで大々的にキャンディを製造したとしても、人目につくことはないし、少々の機械音なら聞こえることもない。防音対策をしておけば完璧だ。

そして人一人を監禁するにも、まったく問題のない環境だった。

榊はそのまま研究棟の中庭を南東の方へと抜ける。

と、ふいに目の前が開け、巨大な工場と、向き合う形で立ち並ぶ倉庫が視界いっぱいに広がった。

研究棟の方は芝生や植木の緑も目に優しいが、倉庫群のあたりは味も素っ気もなく、ただコンクリートの四角い建物が並んでいるだけだ。

そして研究棟と近接する一番東の倉庫の横に、管理室だろうか、二階建てのプレハブがぽつんと建っている。

車道を渡ってその建物に近づいた榊は、窓からそっと中の様子をうかがった。

どこにでもあるような休憩室だ。カップコーヒーの自販機とちょっとしたソファやテーブルが置かれ、男が二人、たわいもない感じで笑い合っていた。声はよく聞こえなかったが、なるほど、南米あたりの人間に見える。

二人とも二十代後半くらい。白衣を身につけてはいたがとても知的な研究者には見えず、むしろ体育会系のがっしりした体格で、……いかにもケンカ慣れしている用心棒といった風情だ。

さすがに見えるところに銃などはなかったが、懐《ふところ》に呑《の》んでそうな雰囲気。

さっきの研究員が近づきたくないのもよくわかるし、賢明な判断だった。

工場のまわりの見張り、および「キャンディ」を運び出す際のガードというところだろう。

どうやらここの管理室は連中が占有しているらしい。二階が住居になっているのかもしれない。

——間違いない。

ここが「キャンディ」製造の拠点だ。

だとすれば、柊真は……倉庫の方だろうか。

榊はそっと足音を忍ばせ、用心しながらすぐ横の倉庫の周囲を偵察した。

日がだいぶん西に傾いて、倉庫や工場の影を大きく落としている。

後ろから見る限り、工場の方は巨大な長方形の箱であり、それに向き合う倉庫は三角屋根のシンプルな外観で、それが何ブロックかに分かれて四棟ずつ、二列に並んでいる。それこそ、倉庫街の雰囲気だ。同じブロックにある四棟は、長屋のように壁を共有する形で連なっている。

しかしやはりイメージの問題か、屋根や外装はカラフルに塗装されており、遠景だとシンボルか何かがデザインされているのかもしれない。

どの倉庫も外からだと同じ形で、二階くらいの高さの場所に搬出入の扉がつけられている。下にトラックを直付けして使うのだろう、階段はない。倉庫だけに明かり取りの窓も高い位置にいくつかあるだけで、その点でも中の様子が見えづらいのは、彼らにとって好都合だ。

換気のためのファンの設備と、この倉庫にだけ、エアコンの室外機が設置されているのは、やはり中で長時間作業する必要があるせいか。

倉庫の正面の巨大なシャッターには大きくナンバリングされており、榊の目の前には「K8」と振られていた。その下に「Kitty」と小さく入っているのは、誤認防止のための「K」の呼称だろう。隣が「K7」。このあたりはKブロックというわけだ。

中へ入るには、シャッター横の通用口から、が常識的なセンだ。

暗証番号とカード式のダブルチェックのようで、時間さえあれば破れないものでもない。が、今はその時間がない。

榊はちょっと迷った。

どんなやり方にしても、ここで強引に中へ入れば、連中が異変を感じることは間違いない。

そうなると、今、確実に柊真を連れ出すことができなければ、侵入がバレた時点で殺される。さらにはここで合成麻薬を製造していた証拠を、すべて隠滅されるおそれもあった。

本来ならメリッサの本部へ連絡して、完全な態勢で突入するべき状況だ。

夜を待ち、秘密裏に壊滅作戦に出る。

だが、ここが拠点だという確信はあっても、確証はない。

そして夜を待っている間に、柊真がどうなるのかもわからない。

——腹を決めるしかなかった。

いずれにしても、ローレンス視察の連絡が入っていれば、何らかの動きはあるはずだ。

と、横の管理室で休憩していた男たちが、気怠《けだる》げな様子で外へ出てくる気配がし、榊は素早く建物の陰に身を潜めた。

〈……で、今度はカルロスが交代か?〉

〈そのまま船に乗りこむってよ。……クソっ、次の交代は三カ月先かよ〉

〈日本はいいけどさ…、窮屈なんだよな。めったに外へ出られねぇし〉

〈遊べねぇんじゃなァ…〉

ぼやくようなスペイン語のやりとりがすぐそばで聞こえてくる。

ギャングの中で育った連中であれば、さぞかし日本は平和で暢気な国だと思えるのだろう。彼らにしてみれば、むしろその暢気な空気に馴染《なじ》んで怪しまれないようにする方が難しい。

なるほど、軽々しく外へ遊びに出てうかつに警察沙汰《けいさつざた》になるとまずい。外出などもかなり制限されているようだ。

車、確認してくる、と告げて一人がまっすぐ駐車場の方へ向かい、もう一人が横の倉庫の通用口に立った。首から提げていたカードキーをかざし、無造作に暗証番号を入れてカチッ、とロックを外す。

それを見計らって、榊はそっと背中から忍び寄った。

ハッと男が気配に気づき、振り返ろうとした時にはすでに遅い。

榊は右腕を男の首にまわし、一気に気管を潰して締め落とした。声も出せずに男は意識を失い、足下に崩れ落ちる。

再びロックがかかる前に榊は素早くドアを開き、中へ一歩、足を踏み入れる。

倉庫だけに、延々と荷物が積み上げられているか、あるいはがらんとしているのか、という想像だったが、入ってすぐの一角はテーブルやイス、黒板などが置かれて、雑多な印象だった。ダミーのつもりか、一応は研修室の体《てい》をとっているらしい。

一棟の倉庫はサッカー場くらいの広さはありそうだ。

奥の方に人の気配は感じられたが、パーティションで区切られていて見通すことはできない。榊は素早く倒した男を倉庫の中へ引きずりこんだ。

シャッターの脇に無造作に置かれていた大きなスーツケースに目をとめると、手早く男を中に押しこむ。そしてそのスーツケースを、壁際に積まれていた段ボールの空箱の間に紛れこませた。キャスターがついていたので、それほど大変な作業でもない。

もしかすると、このスーツケースは柊真を運ぶために用意していたのか…?

ふと思いついて、背筋に冷たいものが走った。

元が倉庫なので部屋割りがされているわけではないが、パーティションやスチール棚などで中は細かく仕切られている。それだけに迷路みたいな、複雑な動線になっていた。

あたりを確認しながら、慎重に榊は奥へと進んだ。

高い天井には鉄骨の梁《はり》がめぐらされ、キャットウォークになった足場や、何かの作業用だろうか、ロフトが作られている場所もある。

壁際には倉庫として使っていたころの資材やら段ボールなどが押しやられるように置かれ、もともとは物置代わりに使われていたのか、クレーン車などの重機やフォークリフトらしき機材も二、三台、頭の部分が遠くの方に見える。故障したものが放置されているのか、あるいは彼らが荷出しに使っているのか。

と、スペイン語の話し声が耳に届いて、榊は素早く棚の陰に身を潜めた。

少しばかり声が反響するせいで、位置がつかみにくい。

〈……やっぱりコンクリートに詰めると運ぶのが重いって〉

〈どうせ捨てるのは外洋だしな。生きたまま放りこむ方が楽だろ〉

〈ああ…、血まみれで放りこめばサメの餌《えさ》になって骨も残らねぇし。それまでは薬で眠らせときゃいい〉

〈そりゃ、ここには薬は腐るほどあるからな〉

やはり白衣の男が二人。おもしろそうに笑いながらのやりとりに、榊はふっと息を詰めた。

想像すると恐ろしい内容だが——榊にとってはこれ以上ない朗報だった。

生きている。

思わず叫び出しそうになった。

彼らが話しているのは、柊真の処分についてだろう。

この中にいる。

それを確信して、榊は二人をやり過ごすと、彼らが来た方へとさらに足を進めた。

向こうから送りこまれた「研修生」たちは、あまり外へ出られないせいだろうか、この倉庫をできるだけ居心地いいように、好き勝手に改装しているらしい。

風呂やトイレ、台所などは、おそらく隣の管理室を使うのだろう。それでも個々の居場所を倉庫の中で確保しているのか、細かく仕切られたスペースには脱ぎ散らかした服や寝袋、ちょっとしたスタンドライトやコーヒーの空缶などが乱雑に転がっている。

なんというか、廃墟《はいきょ》に住み着いたホームレス、に近いのかもしれない。正直、ホームレスほどにも整理整頓ができていなかったが。

移動しながら、榊は目についた果物ナイフやドライバー、ぐるぐると巻かれた細めのケーブルやその他をポケットに忍ばせる。

そして壁際の奥の方に、さらに区切られた一角を見つけた。雑然として、どうやら集会場か、居間のような感じで使っているらしい。

ソファにテーブル、テレビも置かれ、そこここに酒瓶やツマミ、ジャンクフードの空き袋が散らばっている。

「おい、少しは片付けろ！　今日は視察があるんだぞっ」

そこからいらだった男の声が響いてきた。日本語だ。

「別にかまわない。社長さんがこんなとこ、見にくるわけじゃない。だろ？」

薄笑いでそれに返した男は、日本語だったが「社長さん」のイントネーションが外国人ホステスに似た舌足らずな感じで、どうやら向こうの人間らしい。

榊は一角を仕切っているパーティションの手前で足を止め、いくつか並んでいたロッカーの陰から様子をうかがった。

白衣の日本人が一人、ラフな格好のヒスパニック系の男が二人、向き合っている。

あきれたようにため息をつき、結局あきらめたのか、日本人の男が確認した。

「今夜、運ぶ分は準備できているんだろうな？」

「問題ない。偽装のパッケージも、箱詰めも終わってる。夜を待って運び出すだけだ」

「ならいいが。……だが多分、品質のチェックをされると思う」

「大丈夫。レシピ通りだ」

いくぶん神経質そうに言った日本人の男に、相手は南米系らしいおおらかさで太鼓判をおした。

そして、続けて尋ねた男の言葉に、あ、と榊は目をすがめた。

「園田さん、海外の工場ができたら、そっちの指導に入るのか？」

どうやらこの男が園田らしい。現場監督、あるいは工場長といった立場の。

「いや。おまえがそっちの指導に入るんだろう？　そのための研修だからな」

「本当に？　よかった」

うれしそうに男が笑う。

どうやら、海外の工場で監督が務まる人間の育成をしているようだ。

他人の出世にはかまわず、園田が不安げに重ねて確認した。

「それより、問題はないんだな？」

「ぜんぜんない。例の…、麻薬取締官？　アレも今夜には片付く」

さらりと男の口から出た言葉に、榊はわずかに息を呑んだ。

間違いなく、柊真のことだ。

「よし。じゃあ、私はそろそろ迎えに出る。……あとは頼むぞ」

園田が腕時計に視線をやり、せかせかと入り口の方へと歩いていった。

榊はロッカーの裏で身を屈《かが》めて、それを見送る。

もう一人は棚の一つに手を伸ばし、引き出しから何かを取り出すと、黙って立っていた配下らしいもう一人の同胞にそれを放り投げた。そして早口のスペイン語で何やら指示を出す。

――クスリを打っておけ。騒がれるとまずい。

おおよそそんな内容が聞き取れ、榊はハッと受け取った男が向かう先を見つめる。

残った男が携帯をいじり始めたのを横目で確認し、そっと足音を忍ばせて、榊は指示された配下の男のあとを追った。

男は隣と共有する壁の方へ向かうと、一台のフォークリフトの横をすり抜け、ふいに姿を消した。

パタン…、と軽い音がかすかに耳に届く。

ドア…? が、あるのか? 隣の倉庫との間に?

この倉庫内でも、まだ奥の方にスペースは十分ある。そちらに「工場」があるのかと思ったが、どうやら隣の倉庫と使い分けているらしい。

もしかするとブロックになっている四棟が、中でつながっている仕様なのかもしれない。

そっと息を吸いこみ、榊は思い切ってフォークリフトのあたりまで素早く移動する。

その向こう側をうかがってみたが、やはり男の姿はなかった。

何の変哲もない事務所にあるようなドアが一つ、壁についているだけだ。半分から上が磨《す》りガラスになっている。

榊は壁沿いにドアに近づき、横からそっとノブを回す。

と、抵抗もなくドアは開いた。

息を詰め、指先でそっと押して、わずかに隙間を作る。心の中で五つ、数える。

反応はなく、特に音も聞こえない。

思い切って身を乗り出し、ドアの隙間から中の様子をうかがうと、やはりそこが「工場」のようだった。

パッケージ用だろうか、畳まれた段ボールが隅に高く積まれ、作業台もいくつか連なっているのが見える。その上には、紙やらノリやらカッターやらの備品が放り出され、できあがったものから箱詰めするために段ボールも置かれている。

そして中央には、ライン状の大きな機械――。

理科室にあるみたいな実験道具を使い、手作業でグラムを量って粉をパッキングする慎《つつ》ましい精製工場ではなく、まさしく製薬工場だ。そもそもキャンディというくらいだからキャンディ状、チュアブルタイプの錠剤なので、それも当然だったが、榊の予想より遥《はる》かに大規模だった。

今、動いていないのは、基本的に夜の作業だからだろうか。

男の後ろ姿が大型機械の向こう側にちらりと見え、榊は素早く中へすべりこんだ。

ざっと中を見まわし、壁際を素早く移動して、隅に設置されている鉄バシゴを素早く上っていく。

全体の造りは隣と同じで、高い天井近くに巡らされていたキャットウォークを伝って、榊は上から男の行く先を見据えた。

頭の上から見られているとはまるで気づかず、男は高く積み上げられた資材か製品か、ぎっしりと箱が積まれたスチールの棚でブロック状に区画分けされているスペースを抜けて隅の方へ向かうと、分厚いカーテンで仕切られた中へ入っていった。

床から二、三メートルのところにワイヤーが張られ、目隠し代わりにカーテンがつけられているのだが、天井からは素通しの丸見えだ。

男は隅を囲っていた段ボールを無造作に払いのける。

と、中にスーツ姿の男が一人、床に転がされていた。口には猿ぐつわ、両手、両足が結束バンドで拘束されている。

——柊真……！

見た瞬間、内心で榊は叫んだ。

間違いなかった。

が、相当な暴行を受けたようで、顔は腫れ上がり、すでに乾いた血が頭や顔にこびりついているのがわかる。上着の腕は大きく切り裂かれ、赤く染まったシャツも襟元が引き裂かれていた。

意識がないのか、男が目の前に立ってもピクリとも動かない。

柊真を見下ろして、男がさっき渡されたケースを開くと、注射器を取り出した。一緒に入っていたアンプルに針を突き刺し、中身を吸い上げる。

榊は息を詰め、急いでそちらへ近づこうとするが、気づいて仲間を呼ばれると人数的に相手にならない。柊真を連れて逃げるのなら、なおさらだ。頭上から飛びかかるにも、壁際のキャットウォークからは距離があった。

精いっぱい近づいて、いったん荷物の積み上げられた棚の上に下りるしかない。

男が注射器を片手に、わずかに身を屈めて柊真の右手を引こうとする。

——間に合わないか…っ。

あせった瞬間だった。

目の前でいきなり柊真が拘束されたままの両足を蹴り出し、男のふくらはぎを急襲して、足払いを食らわせた。

思わず目を見張り、次の瞬間、吐息で笑ってしまう。

さすがだな…、と思う。あの状態でも。

突然の攻撃に男がバランスを崩し、身体が吹っ飛ばされた。手にしていた注射器も、床へ転がる。

とはいえ、柊真にとってはそれが精いっぱいの抵抗だったのだろう。

憎々しげな罵声を吐き出しながら起き上がった男が、形相を変えて柊真に近づいた。頭や腹や足や、怒りのままにところかまわず思いきり蹴り上げ、顔を踏みにじる。

〈クソッ！　この野郎…！〉

柊真に気をとられている間に、榊はすぐ後ろの荷物に飛び降りた。そこそこの音がしたはずだが、頭に血が上っているせいか、男が気づいた様子はない。

そこから榊は一気にカーテンへ飛び移った。体重で布が外れ、しかしその勢いのまま、榊は男の背中に襲いかかる。

さすがに異変に気づいて振り返った男の顔面を蹴り倒し、床へ崩れた男の腹にのしかかって押さえこんだ。

〈なんだっ、きさま…！〉

驚愕《きょうがく》に目を見開き、声を上げた男の口を片手で強引に塞ぐと、もう片方の手を伸ばして落ちていた注射器をつかんだ。

それに男が目を剝《む》いて必死にもがいたが、かまわず榊は男の腕に針を突き刺した。一気に薬剤を注入する。中身が何だか正確にはわからないが、あっという間に男の身体から力が抜け、ぐったりと床へ伸びた。

ふう…、と息をついて、榊は男の腹から身体を起こす。

そして急いで柊真に近づいた。

「おい、大丈夫かっ？」

力なく横たわる柊真の身体を抱き起こし、とりあえず猿ぐつわを外してやる。

「な…、ミチ…？　おまえ…、どうして……？」

痛々しく腫れ上がったまぶたを押し上げ、それでも榊を認識して、呆然《ぼうぜん》と柊真がつぶやく。

柊真は「メリッサ」のことは知らないし、榊自身、自分の所属を他言することは許されていなかった。

「バカ、おまえが無茶するからだろうがっ」

あえて軽く、叱りつけると、ポケットからナイフを取り出して、後ろ手に固定していた結束バンドを断ち切る。続けて足首も自由にしてやる。

「立てるか？　出るぞっ」

そして力強く言うと、柊真を助け起こした。

「いや…、無理だ…。おまえだけ…、早く行って、連中がここで麻薬の製造をしていることをうちの連中に知らせてくれ…！」

苦痛に歪《ゆが》む顔で、柊真が倒れかかりながらも榊の腕をつかみ、必死に言った。

「ふざけるなっ。俺だけ帰って…、夏加ちゃんに怒鳴られるのはごめんだからなっ」

榊は男の胸倉を引きつかむようにして怒鳴り返す。

榊にしても、恋人を失って、妹を失って、また——これ以上、失いたくはない。

その思いは、柊真にもわかるのだろう。

同じ痛みを知っている。十分すぎるほどに。

「急ぐぞっ」

柊真に肩を貸し、榊は一歩ずつ進み始めた。柊真も片足を引きずるようにしながら、痛みをこらえ、額に脂汗をにじませて、なんとか歩みを進める。肋骨《ろっこつ》の一本や二本は折れているのかもしれない。

少しずつ移動しながら、榊はどこから脱出したらいいかを頭の中で考えた。

もと来たルートで、見つからずに出られるとは思えない。

が、四棟連なっている倉庫は、外観上、すべて同じ形だった。とすると、こちらの倉庫も中からであればシャッター横の通用口は開くはずだ。

そこを抜けるまで見つからなければなんとかなる。

榊は壁のように立ちはだかる積み荷の陰から様子をうかがいつつ、製造ラインのあるところまでようやくもどる。

そこから仕切られたパーティションを越え、ようやくシャッターのあたりまでたどり着いた。

脇には未使用の段ボールが何束も積み上げられ、スチールの缶が何十個も乱雑に転がされ、大きなプラスチックのケースも山型にスタッキングされている。

榊はいったん、柊真を壁際にもたれさせた。

「外の様子を見てくる」

短く告げると、通用口のドアにそっと手をかけた。

外からだと電子ロックだが、中から開くにはありふれたサムターン錠だ。

あっさりとドアは開いて、そっと外の様子をうかがってみる。

夕闇が近づいていた。時刻は五時を過ぎ、正規の工場の勤務体制はわからないが、管理棟の方は終業時刻になっているはずだ。

しかし付近に人影はなく、榊は大きくドアを開いていったん外へ出た。念のため、足で小石を蹴ってストッパーにすると、再び中へもどろうとした。

ツイている。今のうちだ。

しかし榊がドアをくぐろうとした瞬間だった。

「おーい、榊。おまえ、こんなところにいたのかよー」

いきなり覚えのある声が背中に届いた。いつものようにのんびりとした調子だ。

「あ、花江さん…。どうしたんですか?」

一瞬、ドキリとしたが、振り返った榊はさりげない様子で愛想よく返す。

「どうしたじゃねぇよ。おまえ、ボディガードだろうが。社長、探してたぞ?」

小指で耳をほじりながら、花江がぶらぶらと近づいてくる。

「あ、お客さん、来たんですか?」

思い出して榊は尋ねる。

「いや、まだだ。もうそろそろって言ってたけどな。——まぁ、いいや。どうせ社長たちもこっちの方に来るみたいだし。……その倉庫、開いてたのか？」

花江が顎《あご》でドアを指す。

「ええ、まぁ」

「研修やってんのって隣だろ？　ここ、中は何が入ってんだ？」

「あー…、何でしょうね？」

とぼけるように答えながら、榊は何気なく男に背を向け、中をのぞきこむ様子を見せる。が、視線はじっと足下に映る影を見つめていた。

花江がゆっくりと近づいてきて、すぐ背中で、片手がまっすぐに持ち上げられたのがわかる。

「……なぁ、榊。俺さぁ、おまえのことは結構気に入ってたんだよな…。若いのに気も利《き》くし」

「ハハハ…、ありがとうございます。恐いですね、急に」

肩を揺らせて笑った次の瞬間、スッ…と体勢を落とすと同時に、榊は後ろ回し蹴りで花江の手に握られていた銃を弾《はじ》いた。

「うお…っ！」

声を上げ、花江の体勢も大きく後ろに崩れる。すかさず腕をつかんで地面へ引き倒し、榊は思いきりその顎を殴りつけて倒した。

「榊、おまえ…」

荒い息遣いで、怯《おび》えをにじませて花江が見上げてくる。

「花江さん。やっぱり花江さんが連中の手先になったのって、金ですか？　ギャンブルと風俗、やりすぎました?」

「おまえ…、どうして……わかった……?」

ゴクリと唾を飲み、花江が呆然と尋ねた。

「花江さん、さっきロビーで、ここに来たの初めてって言ってましたよね? 初めてで案内板も見ずに所長室へまっすぐ向かっちゃまずいでしょう。何階にあるのかもわからないし、エレベーターの場所だって、ちょっと難しかったですよ?」

男を見下ろして淡々と指摘した榊に、花江がわずかに唇を震わせた。

「可愛くねぇな…」

忌々《いまいま》しげに唾を吐き出すと、薄笑いで榊を眺める。

「だが無駄だぜ? おまえの正体はもうバレてんだからな」

榊はそっと息を吸いこんだ。

予想していなかったわけではない。南雲が向こう側の人間であれば、もちろんそうだろう。どこまでバレているのか、というのが問題ではあるが。とはいえ、探偵レベルでもメリッサレベルでも、殺されることは同じだ。

「そうですか」

淡々と答えながら、榊は花江が落とした銃に手を伸ばす。

さすがに花江の顔が引きつった。

「おい…、待てよ。冗談だろっ?」

かまわず榊は、拾い上げた銃を確認した。

チーターだ。ベレッタM84。麻薬取締官の正式拳銃だった。もしかすると、柊真が持っていたものかもしれない。

フルで装弾されているのを確かめてから、手早く弾倉をもとにもどす。

「こんな危ないモノ、持ってたのは花江さんですよ?」

にやりと笑って、ことさら悪人面で言ってやると、花江が反射的に尻で後ずさった。

もちろん、撃つつもりはなかった。ただ、しばらくおとなしくしていてほしい。

しかし花江にバレていた時点で、すでに遅かった。

もしかすると、自分はしばらく泳がされていたのかもしれない。

南雲が「探偵」だと報告したにせよ、彼らとしてはまず、柊真の仲間の麻薬取締官ではないか、と疑ったはずだ。

気がつくと、バラバラバラッ…、と足音が耳に届き、前後から数人の男たちがこちらに向かってきた。剝き出しの銃を手にした外国人だ。

〈あそこだ!〉

〈捕まえろっ!〉

声高な叫び声が飛び交う。

が、さすがに向こうも、こんな屋外で撃ってくるつもりはないらしい。

退路は倉庫しかなかった。

榊は素早く中へ飛びこむと、ドアを閉じ、鍵をかける。さらに手近にあったドラム缶や何かの荷物を手当たり次第にドアの前にバリケード代わりに積み上げた。

花江の、クソッ、という罵《ののし》りとともに、ドアをガチャガチャさせる音が険悪に響く。

ふだんはこちらの通用口を使っていないせいで、キーも暗証番号もすぐにはわからないようだ。

「かまわんっ。出入り口は限られている。いずれネズミは出てくる！」

いくぶんいらだった声がドア越しに聞こえた。

じっと榊は耳を澄ませる。

「あわてるなっ。外を固めて、中から追いたてろっ」

聞き覚えがあった。

この声は、副社長の方の竹久だ。

副社長も来ていたのか。というより、これは——。

結局、家族ぐるみ……会社ぐるみなのか。

頭の中で組織を組み立て直しながら、榊は柊真のところへ急ぐと、大きな身体を引きずるようにしてスタッキングされたケースの陰へ押しこんだ。

「すぐに応援を呼ぶ。ここでじっとしてろ。いいな？」

「おい…、ミチ…っ」

じっと親友の目を見据えて言うと、あせった表情で柊真が榊の腕をつかむ。

その手を引き剝《ひは》がし、代わりにさっき拾った銃を握らせた。

「おまえのだろ?」

あ、とそれを見つめ、一瞬、息を呑んだ柊真が、逆に榊に押し返した。

「おまえが持ってろ。俺は…、ここでおとなしく待ってる」

おたがい探るように相手を見つめ、榊はうなずいた。

「わかった」

そして完全に姿を隠すくらい、柊真の前にもケースを積み上げると、急いでその場を離れる。

とにかくここから連中を引き離す必要があった。

遠くでスペイン語の怒鳴り声が反響し、隣の倉庫から男たちが迫ってくるのがわかる。

そちらには逃げられない。とすると、さらに隣の倉庫へ向かうしかなかった。

走りながら、榊は携帯を取り出す。

『榊!　大丈夫かっ!』

待ち構えていたように、ワンコールで西峯が出た。

「バックアップを頼むっ」

隣との壁まで行き着き、壁際に走ってドアを探す。

『おせーんだよっ、てめぇはっ!』

わめく男にかまわず、榊は続けた。

「柊真は見つけた。K7倉庫だ。シャッター付近。救出してくれっ」

さっきと同じ形のドアはあったが、鍵がかかっている。

『おまえはっ？』

あせった西峯の声を聞きながら、榊は銃を構え、一発で鍵をぶち抜いた。

「逃げてる」

隣の倉庫へ飛びこみながら短く返すと、通話を切る。

この銃声が耳に届けば、追ってくる連中も引きつけられるはずだ。

隣は、どうやら普通に倉庫として使用しているようだった。明かりはなく、夕日が高い窓から射しこむくらいで中は薄暗い。

天井近くまで足場みたいに鉄筋の棚が組み上げられ、木製パレットにのせられて整然と、そしてみっしりと荷物が並んでいた。アルファベットと数字のプレートが棚ごとにかかった列が、延々と視界の先まで続いている。

とにかく、応援が来るまで時間を稼ぐしかなかった。

〈隣だ！〉

〈追えっ！　急げっ〉

スペイン語の叫び声とともに、荒い足音が背中から追いかけてくる。

〈いたぞっ！〉

〈逃がすなっ！〉

棚で仕切られた碁盤状の通路をめちゃくちゃに走る榊の背中から興奮した声が響き、いきなりバァン…！　と轟音《ごうおん》が耳元で弾けた。

撃ってきた。さすがに危機感があるのか、荒っぽく躊躇《ちゅうちょ》がない。

反射的に首を縮め、榊はすぐ横の通路に飛びこむ。

倉庫の中でさほど音を気にする必要がなくなったのか、……そう、社長一族であれば、このあたりの一般の従業員たちに号令をかけ、全員遠ざけることも可能だろう。

さらに響く声に追われて榊は隣の通路へ走り抜け、しかし当然、向こうはいく手にも分かれて挟み撃ちを狙っているはずだ。

〈こっちだ！〉

背中に声が聞こえた瞬間、榊は床に転がって振り向きざまに二発、撃ち放つ。

同時に向こうからも撃ってきた。

銃声が重なり合って天井に吸いこまれ、どのあたりで何発撃っているのかもわかりにくい。

思い出して、榊はポケットからさっきがめておいたケーブルを取り出すと、片方の端をスチール棚のポールの下あたりに結びつけた。そして、四方の通路へ移りながらケーブルが続く限り、ポールの同じ位置に巻きつけていく。原始的なトラップだ。

仕掛けてから先へ逃げると、しばらくして後ろの方で折り重なって倒れる音と、怒髪天を衝《つ》く罵声が響き渡った。何人かは引っかかったらしい。

〈クソッ！　殺してやるっ！〉

当然ながら、相手をそれだけ怒らせてもいる。

すさまじい怒号とともに、ますます追跡は殺気立ってきた。

〈あっちだ！〉

〈右から回りこめっ！〉

通路を走りぬけたとたん、出会い頭に一人とぶつかりそうになる。

〈なっ……！〉

あわてて銃を構えた男に、榊は逃げるのではなく逆に大きく懐へ踏みこむと、その勢いで銃を握る手首を撥《は》ね上《あ》げ、さらに男の指を押さえこむ。耳元で爆音が響き、残りの弾があっという間に撃ち尽くされる。

その銃声を聞きつけた二、三人が奥の正面から飛び出してきて、仲間が拘束されているのもかまわず乱射してきた。

とっさに榊は男の身体を楯にする。目の前で血しぶきが飛び散り、浅黒い身体が痙攣《けいれん》するみたいに跳ねる。

無残にも仲間に撃ち殺された男の身体を突き飛ばすと同時に、榊は横の通路に頭から飛び込んだ。

いったん敵との間が遮蔽《しゃへい》され、小さく息を吐いた榊の顎の先を、荷物を突き抜けた銃弾がかすめていく。

「うぉ……」

思わず声がもれた。

まずい。時間稼ぎもそろそろ限界のようだ。

おおよその位置もつかまれ、着実に四方から取り囲まれ始めていた。

薄闇の中、慎重に上下左右、背後を見まわして、少し息を整えると、タイミングを計って榊は走り出した。

視界に入ったフォークリフトの後ろから運転席の天井に駆け上がり、そこからすぐ横の棚に這い上がる。

追ってきた男が角を曲がったとたん立ちすくみ、きょろきょろとあたりを見まわす様子を上から眺めながら、榊は銃を腰に差し、代わりにポケットにあったドライバーを抜き出すと、頭上から男の後頭部に向けて思いきり放った。

狙い通り、ドライバーのグリップエンドが男のこめかみにヒットする。

そこそこ重みのあるドライバーで、ぐぁっ、と短い声を上げて、男が昏倒《こんとう》した。

それを横目に、スチール板だけの上段を走り抜けると、勢いのままに棚の端からキャットウォークの下の鉄筋に飛び移る。

両手でなんとかぶら下がり、さらに腕を伸ばして必死にキャットウォークまでよじ上った。

あそこだっ！　とわめく声とともにいっせいに銃弾が足下で弾け、榊は身を低くしながらもなんとか走り抜ける。

ようやくシャッターとは反対側の、搬出入口まで行き着いた。

ちょっとしたコンベヤーが設置されており、おかげで屈んでいると、下の連中からは死角になってくれている。騒ぎながら、彼らも急いでキャットウォークへ上がろうとしていた。

さすがに息が切れ、榊は少し足下に余裕のある踊り場でしゃがみこむと呼吸を整えた。

跳弾が頬や足をかすめ、わずかに滴り落ちる血を手のひらで拭《ぬぐ》う。

搬出入口の扉は、鍵はなかったが、いかにも重そうな閂状《かんぬきじょう》のロックがかかっていた。

自分を奮い立たせ、榊は鉄のレバーを持ち上げて、両腕で思いきり引きよせる。ギィイイイ、といかにも錆《さ》びついた軋《きし》む音が耳障《みみざわ》りだ。

二の腕がぷるぷるしたが、なんとかロックを外すと、全体重をかけるようにして観音扉の片方を押し開いた。

ぶわっ、と瞬間、激しい海風が吹きつけ、真っ赤な夕日が一瞬、視界を真っ黒に塗りつぶす。

海側のこちらは駐車場になっているらしい。置きっ放しらしいクレーン車、それに二トンくらいのカーゴトラックにセダンが二台、あたりに駐《と》まっている。

〈おいっ、あそこだっ！〉

〈急げっ！〉

強い風に乗って男たちの声が聞こえてくる。

そして銃声。

パン、パァン！　と立て続けに耳元で弾けた。

すでに外聞をかまっていられる状況ではないらしい。もっとも何が起こったとしてもタケヒサの敷地内だ。会社ぐるみであれば、もみ消すのも難しくはない。

榊はその場で腹ばいになると同時に、眼下でこちらに銃を向けていた男に二発、そして反対側から走りこんで撃ってきた男にも一発、引き金を引いた。

最初の男は足に、あとの男は肩に命中し、大きく腕が跳ねた衝撃で手から銃が振り飛ばされる。

その間にも背後から荒々しくキャットウォークを走る足音が近づき、銃弾が花火みたいにあたりの足場に弾けて乱れ飛ぶ。

「マジか…っ」

思わずうめいて、這うようにいったん避けてから膝を立てると、榊はキャットウォークを上がってきた連中に無造作に四発、お見舞いして足止めする。

そして後ろからの銃撃が一瞬やんだ隙に、思い切って外へ飛び降りた。

十分に二階くらいの高さはある。おまけに地面はアスファルトだ。

衝撃は半端なかったが、なんとか受け身をとって転がった。

ようやく身体が止まって、ふぅ…、と息をつく。

顔を上げると、目の前に南雲が立っていた。

無表情なまま、ちらっとそばで肩を撃ち抜かれ、膝をついてうめいている男を眺め、足下に落ちていた銃に目をとめると、おもむろに拾い上げた。

ふっ、と思わず榊は息を詰める。

「な、南雲君！　やはりそいつは産業スパイだ！　通さないでくれっ」

と、頭上に大きく声が響いた。

そっと振り返ると、さっきまで榊のいた倉庫の搬出入口に立って風に煽《あお》られながら、副社長が怒鳴っていた。

気が気でなかったのか、わざわざ自分で追いかけてきたらしい。ご苦労なことだ。

そして南雲の後ろからは花江と、そして顔を引きつらせた社長が走ってきた。近くまで来て、あっ、と何かにぶち当たったたように社長が立ち止まる。

それも当然だった。

「研修生」が二人、銃撃されて地面でうなり、榊も南雲も、拳銃を手にしている。

さらには榊の後方からも、走りこんでくる二、三人の足音が聞こえていた。倉庫の搬出入口からは、副社長の他に追ってきた手下たちがこちらに向けて銃を構えている。

取り囲まれて、さすがに絶体絶命だった。

榊は渇いた喉に、なんとか唾を飲みこむ。

「南雲君…、やっぱりその男は……？」

呆然と震える声で、社長が南雲の背中に尋ねていた。

「榊さん⁉　どういうことなのっ？」

背中からハイヒールの靴音が聞こえていると思ったら、どうやら麻奈美もいるようだ。

なかなかに注目の的らしい。

しかしそんな社長たちの言葉に、榊はわずかに眉をよせた。

さっきの副社長の言葉といい、南雲は榊のことを「産業スパイ」だと社長たちに報告したのだろうか？

その報告を受けて彼らがどう考えたかは別にして、だとすると、南雲は彼らの仲間というわけではなく、単に利用されているだけなのかもしれない。

状況を説明すれば、南雲は信じるだろうか？

どちらを、信じるのか。

だが冷静に考えれば、南雲にも疑いは生まれているはずだった。なにしろ自分の会社の工場で銃撃戦である。普通ではない。

「南雲さん…、真実を見てくれ」

榊はじっと、いつもの冷たい美貌を見つめたまま口を開く。

それに南雲がふっ…と唇で笑った。

したたかな、夜の顔――。

「榊さん、逃げるのがヘタですね。迷子のでぶネコを捜すのはお得意のようですけど」

そして榊に向けて、まっすぐに銃を構える。

瞬間、大きく目を見張った榊は南雲の顔を凝視した。

は…、と知らず、小さな吐息が唇からこぼれ落ちる。

いったん目を伏せ、観念した様子で榊は銃を握ったまま、両手を上げてみせた。

「ネコ捜しだけ、してればよかったですかね。順番待ちがあと三件、残っているんですよ」

とぼけるように言った榊の降伏状態に、ふっ…、とまわりの緊張が緩む。

「おいっ、それを俺によこせっ」

そして、後ろから荒っぽく割って入った花江が南雲の肩に手を伸ばした瞬間――。

スッ…と腕を落とした榊は花江の肩を撃ち抜き、さらにその後ろにいた連中に向かって二発、ぶっ放す。

と同時に、顔色一つ変えず、南雲が発砲した。

銃弾が榊の脇をかすめ、榊の後ろで男たちの苦悶《くもん》の声がこだまする。

きゃぁぁっ！　と麻奈美の甲高い悲鳴。

「なっ…なんだ、これはっ⁉　どういうことだっ？」

そして混乱した、ヒステリックな社長の叫び。

油断していたらしい倉庫の上の連中が、ハッと銃を構え直す姿が視界の端にかかる。

榊が弾切れの銃を捨てたタイミングで南雲が自分の銃を投げ、榊はそれを受け取りながら地面を転がってポジションをとり、倉庫に向けて立て続けに撃ち放った。

悲鳴を上げて、一人の男が地面に落ちてくる。

その間に、地面でうめく男の手を蹴って銃を素早く拾い上げた南雲が、パニックの状態で立ち尽くす社長の首根っこを引き倒すようにして、クレーン車の陰に押しこんだ。

わずかに顔を出した南雲と、視線が交錯する。

そして南雲が物陰から飛び出して、走りながら倉庫に向かって銃撃する間に、榊も近くのセダンの陰にまわりこんだ。

ふぅ…、とようやく息をつく。

しかし身体の中では、沸き立つような高揚感が広がっていた。

ともに戦っている。

「いったいこれは……、何が起こってるんですかっ！　叔父さんっ⁉」

泣きそうな声で社長がわめいた。本当に混乱しているらしい。

——つまり。

「あんたが黒幕ってわけですね、副社長！」

榊はことさら大きな声で呼びかけた。

「あきらめたらどうです？　もう終わりですよ」

それに、搬出入口で扉につかまったまま呆然と立ち尽くしていた男が、引きつった顔で首を振った。

「ち…違う！　私はその女の指示通りに手配しただけだっ！　組織と直接取引していたのは、その女——」

……女？

榊が首をひねった瞬間、二発の銃声が轟《とどろ》いた。

ビクン、と一瞬、硬直した副社長の身体が、次の瞬間、糸が切れたように落下し、アスファルトにたたきつけられた。

頭部も、だが、胸も血で染まっている。

ぎゃぁぁぁぁっ！　と社長の叫び声が響く。

しかし撃ったのは南雲ではない。

榊は銃を構えた女の姿を呆然と眺めた。麻奈美だ。

その横顔が、ふっと榊に向けられる。

「マジか…」

思わず榊はうめいた。

にやっと、美しくルージュの引かれた唇が笑う。温度のない微笑《ほほえ》み。

「ログをチェックしたら、私のコードで覚えのないアクセス記録があったの。ひょっとして、あなたかしら？　榊さん」

榊自身は心当たりがなかったが、報告を受けた本部の方が解析を進めたのだろう。

「まさかあなたがマトリだとは思わなかったわ…。失敗したわね。こんなに女の扱いがうまい取締官がいるなんて」

つぶやいた麻奈美は、どうやら勘違いしているようだったが、特に訂正はしなかった。

「あなたたち、仲間だったのね」

そして憎々しげに、南雲の方をにらむ。

「榊はただの囮《おとり》だ」

それに傲然《ごうぜん》と、南雲が言い放った。

——囮……かー…。そうか。

ようやくすべてがすっきりと腑《ふ》に落ちた気がして、榊はちょっと天を仰ぎたくなる。

いかにも怪しい餌を彼らの前につり下げてみせれば、必ず動きがある。

誰が動くのか。どこへ動くのか。横からそれを見極めていたのだ。

「でも俺も、まさかあなたがこんなことに関わっているとは思いませんでしたよ…、麻奈美さん。どうしてです？」

「もちろん、お金が欲しかったからよ」

ため息まじりに聞いた榊に、にっこりと麻奈美が言い切った。

確かに、マンションや何かもかなり金はかかっていそうだったが。

「それに、彼が素敵だったから」

「彼…？」

微笑んで続けた麻奈美の言葉に首をかしげた時だった。

頭上でパラパラ…と特有の音がしているの気づき、ハッと見上げると、ヘリの機影が目に入る。

「……麻奈美です。すみません、手違いが…。……ええ。拾ってもらえますか？」

なんだ？　と思っていると、麻奈美が携帯でどこかへ連絡していた。

ヘリの中の人間に——か。

あ、と思った時には、そのヘリがぐんぐんと近づき、風圧が激しくなった。

思わず両足で踏ん張り、片腕で顔をかばう。

ヘリが少し離れたポイントでホバリングし、着陸態勢になっていた。

「残念ね、榊さん！」

轟音の中で、麻奈美の叫ぶ声が聞こえる。

その姿と、そしてヘリの方をもう一度、見た瞬間だった。

「危ないっ！」

思わず、榊は叫んでいた。

ヘリのドアが開いたが、しかしそれは麻奈美を迎え入れるためではない。代わりにそこから、黒い機関銃の先が突き出ていた。

耳をつんざくプロペラ音と、機関銃の轟音と。

すでに自分の声も聞こえない。

弾が噴き出すと同時に麻奈美の身体が吹っ飛び、血しぶきが飛ぶ。他の、地面にうずくまっていた男たちも容赦なく一掃されていく。

そしてその銃口は、両足を踏ん張ってまっすぐに立ち、両手で銃を構えて立て続けにヘリへ撃ちこんでいる南雲の方にも向いていた。

「――南雲さんっ！」

とっさに、全力で走った榊は身体を投げ出し、ぶつかる勢いで南雲の身体を押し倒す。

全身で覆《おお》い被《かぶ》さってかばった耳元で銃弾が弾け、焼けるような痛みが腕を突き抜けた。

祈る思いで目を閉じているしかなかったが、やがてグォン…と鈍いプロペラ音だけが耳に届く。

ハッと気がつくと銃撃はやんでおり、ヘリが高く飛び立つところだった。

跳ね起きた榊は、そのヘリをにらみつける。

ドアが閉まる直前、すっきりとしたスーツ姿の男がこちらを見下ろして薄く笑っているのが目に焼きつく。

金髪の美形。

あの男——ローレンスだ。

思わず吐き出す。とっさに振り返って南雲を見た。

「くそ…っ」

「本部に連絡して、ヤツを…っ」

「彼には外交特権がありますから」

起き上がった南雲がスーツの汚れを払い、前髪を掻き上げながら冷静に言った。

そしてスッ…と手を伸ばして榊の腕に、そして顎に触れ、わずかに目をすがめる。

「ああ…、大丈夫だ。かすっただけだからな」

軽く答えたものの、腕の方はかなり身がえぐられていた。中のシャツはべっとりと血に濡《ぬ》れている感触がある。とはいえ、命に関わるほどではない。

それよりも。

「でぶネコの話、そんなにメリッサの本部でネタになってるのか?」

ちょっと眉をよせ、むっつりと榊は尋ねた。

「ええ、かなり」

それに南雲がさらりと返す。どこか澄ました調子で。

だがおかげで、南雲がメリッサの人間だとわかったのだ。そして榊の方も、銃の弾が残り三発だと伝え、連携がうまくいった。実際、初めてのタッグとは思えないほどだ。

「あんた…、メリッサの人間だったんだな」

なかばため息まじりに、榊は言った。

「ええ」

うなずいた南雲がどこか意味ありげに榊を見上げ、小さく微笑む。

「自衛官としては一等陸尉。……メリッサでは少尉だよ、榊軍曹」

「え？」

榊は思わず目を見張った。

──マジか？ 上官だ。

「失礼しました、少尉」

あわてて言葉をあらためる。無意識にピシリと背筋を伸ばす。

習い性のようなものだ。

と、同時に、これまでこの人にしでかした数々の無体狼藉《むたいろうぜき》が溢《あふ》れんばかりに脳裏によみがえって冷や汗が止まらなくなった。

まずい。ヤバい。どうしよう……？

「あの、少尉……」

とにかくあやまっておかないとっ、と榊があせった時だった。

いきなり、すさまじい爆発音が轟いたかと思うと、横の倉庫──「工場」の窓を突き破って黒い煙が吐き出された。続いて赤い炎が噴き出す。

「な……」

反射的に南雲をかばい、榊はあわてて建物から距離をとった。

爆発音は次々と連鎖的に起こり、あっという間に倉庫が炎上する。

すでに手がつけられる状況ではない。

明らかな証拠隠滅――だった。ローレンスの指示で残っていた配下がやったのだろうか。

すでに放心状態だった社長の、雄叫《おたけ》びのような悲鳴が響く。

呆然とそれを見つめていた榊は、ハッと我に返った。

「――柊真…っ！」

11

南雲《なぐも》の耳に「視察場所」の情報が入った時点で、メリッサへのバックアップ要請は出されており、爆発の寸前に急行していた西峯《にしみね》によって柊真《とうま》は救出されていた。今はまだ入院中だ。

榊《さかき》自身も負傷はしていたが、治療だけで帰っていた。

「南雲さんもメリッサだってこと、俺に言っとけよ！」

あとで榊は西峯をとっ捕まえて責めたてたが、「俺も教えてもらったの、ほんとに直前だから」とあっさり返された。

どうやら総務部の里崎《さとざき》も、かなり前から潜入していたメリッサの情報員だったらしい。

実は、病気療養中のタケヒサの会長というのが宝生《ほうしょう》とは旧知の仲であり、そもそもは会長が、自分の会社の中で何かおかしなことが起こっているのではないか、と宝生に相談したことが発端だったようだ。恥ずかしい話だが身内が関わっているかもしれない、と。それで里崎が一年ほど前から内偵を続け、「クールキャンディ」の存在がわかったところで南雲が合流した。

社長に近づいた南雲だったが、細かいコンプライアンスの問題はあったものの、どうやら社長が合成麻薬に関わっているふしはない。ならば、と副社長を疑ったが、すでに社長秘書となった南雲が乗り換えるのは難しかった。

そこで榊を投入し、副社長秘書の麻奈美《まなみ》に近づけることを画策した。榊が麻奈美の好みだということもリサーチした上で、だ。

そして彼らが「処理」に動く餌《えさ》として、榊を彼らの前にぶら下げた。

……まったくいいように使われたわけだ。

あのあとは当然ながら、消防が来て、警察が来て、鎮火まで研究所は戦場だった。もっともその前から、すでに戦場の様相だったが。

とはいえ、バックアップに入っていたメリッサのチームが先着していたわけで、外に倒れていた銃創のある外国人の遺体は速やかに持ち去った。

副社長や麻奈美の遺体は倉庫の爆発に巻きこまれる形で黒焦げになり、逃げ出そうとしていた花江《はなえ》と、そして「工場長」の園田《そのだ》は消防が来る前にメリッサの人間に捕らえられ、秘密の場所へと運ばれた。……らしい。

だが彼らは末端なので、親組織の情報源としてはほとんど役に立たないだろう。

社長も爆発に巻きこまれて軽度の火傷《やけど》と裂傷、それに転び方が悪かったのか手首の骨を折って、そのまま入院していた。しかし一番傷を負ったのは、精神《こころ》に、かもしれない。

信頼していた身内に裏切られ、自分の鼻先で、これだけ大規模な悪事が行われていたことにまるで気づいていなかったのだ。それだけ叔父にはバカにされていた、ということでもある。

警察や消防による事情聴取などは南雲が受けたはずだが、おそらくメリッサも手をまわしたのだろう、研修生による火の不始末、ということで公には決着しそうだった。それはそれで会社の責任も大きいが、その程度の信頼の失墜や補償は受け入れるしかない。会社ぐるみでなかったにしても、副社長が主導していたのだ。

ただ供給元の工場を潰したこと、海外へのフランチャイズ計画を潰したこと——がメリッサにとっての成果にはなる。

火事場の混乱の中で、榊は「警備員」として残っていた職員の誘導などを行い、南雲は「秘書」として関係各所への連絡に追われて、まともに話す時間はなかった。

最後に交わした会話は、「本部への報告は必要ない。撤収しろ」という素っ気ない命令だけだ。

それから二日後に榊は「配置換え」でタケヒサから撤収し、警備会社からも籍を抜いた。西峯がふだんどういう扱いになっているのかは知らないが、ひと月のうちにはタケヒサから姿を消したはずだ。

南雲はさすがに事後処理などもあり、すぐにやめるわけにはいかなかったはずだが、やはりひと月ほどで退社したのだろう。

おかげで榊としては、いささか消化不良気味でもあった。

そういえば宝生ともあれ以来で、約束のゆり根も食べてないし（どうしても食べたいわけではなかったが）、自分の除隊についても曖昧《あいまい》なままだ。

とはいえ、向こうからの呼び出し以外で会ったことはない。本部へ行けば会える、というものでもない。

このままだとずるずると、また使われることになるのか…？　とそんな懸念もありつつ、もとの探偵稼業にもどって、たまにネコを捜していたある日だった。

三月も下旬になって、すっかり春の日射《ひざ》しが暖かくなっていた。桜の開花もそろそろだろう。

平日だったが、この日はひさしぶりに夏加《なつか》が事務所へ顔を出していた。

兄の柊真が入院していたせいで、そちらの看病もあり、前ほど事務所へは通っていなかったのだ。

「本当にありがとう、榊さんっ。マジでびっくりしたわ…。兄さんったら、変な女に引っかかってマンションに居続けたあげく、ヤクザに拉致されてたなんて。それって、美人局《つつもたせ》？　ていうの？　恐いし、バカすぎ」

……ということに、柊真の方はなっていた。

柊真は、家族には仕事について「公務員」としか伝えていない。おかげで、家族にはさんざんな評価になっているようだが、まあ、仕方がない。

「きっと今、柊真も淋《さみ》しい時なんだって。こう…、ぽっかりとね。忘れるのも、忘れられないのも」

自分で口にして、ふっと、そうなのか…、と思う。

忘れられるはずはない。しかし少しずつ、遠い記憶にはなっていく。

「許してあげてよ」

苦笑いして、榊は言った。

「榊さんも……そうなんですか？」

どこか切なげな、なんとも言えない眼差《まなざ》しで、夏加が榊の顔をのぞきこむ。

「あー…、まぁ、俺はな…。柊真ほどマジメじゃないしね」

ごまかすみたいに視線を逸《そ》らせた榊に、夏加が何か続けようとした時だった。

コンコン、と軽くドアがノックされ、磨《す》りガラスの向こうに人影が映る。

めずらしい。依頼人だろうか。

「あ、はい！」

助手を自任しているのか、声を上げた夏加がいそいそと内側からドアを開く。

「どうぞ、お入りくだ……」

愛想のよい声が、ふいに途切れた。

驚愕《きょうがく》に大きく目を見開いている。

奥のデスクの前のイスに怠惰に背中を預け、仕事かー、と気怠《けだる》く伸びをしていた榊は、異変を感じてようやく視線を上げる。

戸口に立っていたのは南雲だった。

やわらかなシルエットのシックなスーツ姿。春物の薄いコートを片腕に掛け、その美貌と相まってとても自衛官――軍人とは思えない。

「……あ、どうも」

突然のことに驚いて榊は無意識に席を立ち、そしてへどもどと頭を下げる。

正直、何と言っていいのかわからない。

いや、南雲は次の任務ですでに国外へ出たんだろうな…、と漠然と想像していたのだ。

榊とは違い、きっちりと責任ある軍人に見える。

戸口で立ち尽くした夏加に軽く会釈してから一歩中へ入り、榊に微笑《ほほえ》みかけた。

正直、榊が見たこともないやわらかな笑みだ。うっかり、何か期待してしまいそうになる。

「しばらくご連絡できずに申し訳ありません。仕事が……立てこんでいて」

「あ、ええ。はい、大丈夫です」

自分でも何を言っているのかわからないまま、榊は返した。

「お知り合い…、ですか？」

夏加がとまどったまま二人の顔を見比べ、おずおずと尋ねてくる。

何と答えていいのか迷った榊にかまわず、振り返った南雲がさらりと答えた。

「充嗣《みつぐ》さんの恋人です」

………。えっ？

もし鏡が目の前にあったら、「鳩《はと》が豆鉄砲を食ったような顔」の見本が見られたはずだ。

「えっ、女性ですか？」

混乱して、反射的に夏加が聞く。

「男ですが、彼は宗旨替えしたんですよ。玲《れい》さん以外の女性は愛せないから、と」

てらいもなく答えた南雲に、夏加がバッ、と前のめりに榊を見つめてくる。

「本当なのっ⁉」

「えーと…、まぁ…。うん」

ここまで堂々と言われると否定することもできず、榊は微妙に視線を逸らしつつうなずくしかない。

「そ…、そうなんですか……。知らなかった」

呆然《ぼうぜん》と夏加がつぶやく。

それはそうだろう。榊だって知らなかった。自分のこととはいえ。

とはいえ、あながち間違っているとも言えない……気もする。

「あ、あの、じゃあ私、大学行くからっ」

動揺を隠しようもなく、夏加はソファにのせてあったカバンを引っつかむと、失礼しますっ、と事務所を飛び出した。

バタバタといつにないあわてた足音が遠ざかるのを聞きながら、ハァ…、と大きな息をつき、榊は頭を掻《か》いた。

南雲が開きっぱなしだったドアを丁寧に閉じて、何気なくコートをソファの背にかけてから榊に向き直る。

「……どうしてあんなこと？」

榊にしたところで、南雲が本気だとは思っていない。しかし冗談ですませるようなトーンでもなかった。

「彼女には幸せになる権利がありますからね。あなたに深く関わらせておくのは気の毒でしょう？

……それとも、余計なお世話でしたか？」

あっさりと言われて、榊はさらに深い息をつく。

「いえ…、助かりました」

そう。夏加はこれ以上、自分に近づかない方がいい。それはわかっていた。

「それで、今日は何のご用でしょうか？」

榊は上官を前に、肩幅に足を開き、両腕を後ろにまわして、無意識にぴしりと直立したまま尋ねた。

「ネコ捜しのご依頼じゃないでしょう」

「写真を返してもらいたいのだが？　軍曹」

茶化した榊に、南雲の口調が冷ややかに階級差を帯びる。

あ、と自らの不品行を思い出し、榊はゴクッ、と唾を飲みこんだ。

「あの…、はい」

視線はまっすぐ正面に向けたまま、榊は机の上にあった携帯を手に取ると、パスワードを入れ、フォルダーを一つ開いた状態で、スッ…と差し出す。

無言でそれを手に取った南雲が、指先で一枚ずつ確認していく。

その時間に、榊は心臓がキリキリと痛んだ。……いやまったく、身から出た錆《さび》なのだが。

「これで全部か？」

「はい」

「一枚足りないな」

指摘されて、思わず目を見張った。

――数えてたのか⁉　あの状況でっ？

榊自身、まともに覚えてもいないのに。

それだけ南雲が冷静だった証拠で、なんとなく……がっかりする。

「一つだけ削除したわけではないだろう。被写体が大きくズレているものも、手ぶれしたものも残っている。転送したのか？」

尋ねる、というより確認しながら、南雲が机にのっていたラップトップのパソコンを手元に引きよせた。

一覧を開き、ざっとフォルダー名を目で追って、あっさりと一つを開く。officeのタイトルがついたフォルダーだ。

画像ファイルが一つだけ。……達したあとの無垢《むく》な表情。美しかった。

これだけは消しがたく、しかし残りは消そうと思っていたのだ。言い訳にもならないが。

「やっぱりな…」

目をすがめ、南雲が小さくつぶやく。

あっ、とようやく榊は気づいた。どうやら、カマをかけられただけだったらしい。

——そんなにわかりやすかったか、俺……？

我ながらちょっと情けない。

「何をするつもりだった？」

慣れた操作で無慈悲にパソコンの写真を削除し、携帯の方も同じ操作をしながら、南雲が感情のない声で尋ねてくる。

「あー…、おかず？」

ここまで来るともうどう取り繕う言葉もなく、榊は素直に答えた。

いかにもあきれたような、侮蔑の眼差しが注がれる。

それでも無言のまま、机の上をすべらせて携帯が返された。

「ええと…、どうして初めから少尉のことを教えていただけなかったんでしょうか？　そんなに信用できませんでしたか？」

例によって直立不動のまま、榊は質問した。

わかっていれば、さすがにあんなことはしなかった。する必要がなかった。

「女の勘はバカにできない。私と通じているのを感じたら、永井はおまえを寄せつけなかっただろうな」

さらりと答えられて、心の中で榊はうなる。

確かに、それはあるのかもしれない。そうでなくとも、カンのよさそうな女だった。

机を挟んで、南雲が榊と向き合った。

「ただおまえの、ああいう手段を選ばないやり方を否定するつもりはない。こんな任務ではな」

寛大な言葉に、榊は頬をヒクつかせた。ゴクッ、と喉が鳴る。

うかつな返事はできない。

「ただ、スキルは足りないようだ。あの程度の身体とテクニックで、ターゲットをいいなりにできると思っていたのか？」

容赦のない指摘に、キャーッ！　と榊は内心で悲鳴を上げる。

グサグサと心臓に突き刺さり、メンタルが灰になりそうだった。しばらく立ち直れない。

「その…、多分、永井女史にはそこそこ有効だったと思うのですが」

それでもなけなしのプライドをかき集め、必死に反論してみる。

「そうだな。おまえの送ってきた彼女のアクセスコードのおかげで、合成麻薬の輸送ルートや販売に関わっている組織のいくつかが明らかになった。今、メリッサの別のチームが動いている」

「あ、そうなんですか…」

ホッと、榊は少し肩の力を抜いた。

どうやら、永井の持っていたデータの解析が進んでいたらしい。

「ただ、本当に重要なのは彼女の持っていたアクセサリープレートの裏側の方だと気づいていれば、もっとよかったな。そちらのコードでアクセスできるクラウドに、ローレンスと思われる相手との通信データも入っていた。やはり彼女が日本でのトップだったようだ」

「裏側？」

榊は首をひねる。意味を取り損ねていた。

「住所が刻印されていただろう？　だがロンドンに、ED3Y 8HSというジップコードはない。住所はでたらめだな。あの中の文字がアクセスコードに使われていた」

あー…、と思わず榊は天を仰いでうめいた。

「とはいえ、両面の写真を送ってきたことは上出来だった」

「ありがとうございます、少尉」

めずらしいお褒《ほ》めの言葉。

「バックアップを待たずに先に侵入したことは問題だ」

「……申し訳ありません、少尉」

「私としては、ローレンスを地面に下ろしてから動きたかった」

その言葉に、ああ…、と榊はちょっとため息をついた。

なるほど。彼が犯罪に関わっている確実な証拠になり、不逮捕特権があったにしても、一時的な拘束はできたかもしれない。

「しかし…」

あの時、榊に時間の猶予はなかったのだ。

「おまえの事情はわかっている。今さら、それについてどうこう言うつもりもない」

思わず口を開いた榊に、南雲はピシャリと言った。

「はい」

榊はそっと息を吐く。

わずかな沈黙が落ち、榊はちらっと南雲の顔をうかがった。

「感じてるの、ふりでしたか?」

冷ややかな眼差しが榊をにらむ。

「重要なことか?」

「俺にとっては、いささか」

……自分のメンタル的にも、だ。

あの時の南雲がすべて演技だとしたら、自分だけが夢中になっていたようで、さすがに切ない。

「本当に嫌なら、今頃おまえの頸動脈《けいどうみゃく》はつながっていない」

顔色一つ変えず淡々と言われて、ヒクッ、と心臓が縮む。

まあ、そうだろうな、と思う。南雲の射撃の腕はしっかりと目にしていたが、メリッサの軍人である以上、体術の方もそれなりのはずだ。

実際、かわそうと思えばいくらでもかわしようはあったはずで……。

――え？　ということは？

ようやく榊はその意味に気づく。

「あの…」

思わず確認しようと口を開いた榊をさえぎって、南雲が言った。

「こんな再会の仕方をする予定ではなかった」

静かな言葉に、榊はちょっととまどう。

つまり…、最初に会ったのは本当に偶然だったということなのか？　いや、しかし――。

「本当なら、おまえと玲さんの結婚式に、私も呼んでもらえるはずだった」

「……えっ？」

意味がわからない。

「十五年前、車の暴走事故の時、私はおまえに助けられた。おまえと、玲さんに」

あ、と榊はぼんやりとした記憶をたどる。

あの時の、子供――？

顔はよく覚えていなかった。死傷者も多く、現場は混乱していた。

「おまえが自衛官として海外赴任中、玲さんと知り合う機会があって……親しくなり、何度か会った。次におまえが帰国した時に紹介すると言われていた」

まっすぐに榊を見て、淡々と続ける南雲を、榊はただ呆然と見つめていた。

「彼女を守れなかったのは、私も同じだ」

瞬《まばた》きもせずに言われた言葉に、榊は思わず息が止まった。

「それは……」

何と言っていいのかわからなかった。

「私は…、おまえにも、玲さんにも憧《あこが》れていた。まっすぐでたくましい生き方がまぶしかった。だが、彼女の死後のおまえには失望させられた」

榊は大きく息を吐き、わずかに視線を落とす。

無理もない。

「だから今回のミッションは、最後の確認のつもりだった。おまえを切り捨てるかどうかの。おまえ自身、今の仕事に情熱もないようだしな」

だとすれば、最初のホテルで――あれほどマヌケな醜態をさらしてしまい、榊の評価は地の底まで落ちていたはずだ。

「それで？」

肩で大きなため息をつき、榊は尋ねた。

しかし南雲は、それには答えなかった。

代わりにポケットへ手を入れ、指先で何か抜き出すと、スッ…、と机の上に差し出してきた。

二つに畳まれた一万円札。何枚か重なっている。どうやら、三万円。

「返してくれるんですか？」

ちょっと怪訝《けげん》に、榊は首をひねる。

「返す必要があるのか？　おまえは私の身体を楽しんだのでは？」

……まったく、言い訳の言葉もない。

榊は無意識に咳払《せきばら》いをする。

しかし、だったらこれはどういう意味だ？

まったくわからず、表情をうかがった榊に、南雲が変わらない表情のまま言った。

「今日は私が買いにきた」

予想もしていなかった言葉に、榊はまじまじと南雲を見つめ、ぽっかりと口を開けてしまう。

「三万で？」

「三万で」

思わず聞き返した。

安いのか、高いのか。つい、考えてしまう。

いや、そういうことではなく——。

「あの…、やっぱり俺の身体、よかったですか？」

うれしいような、恥ずかしいような、……しかし何か裏がありそうで恐くもある。

そんな榊を冷たい目で一瞥《いちべつ》してから、南雲は当たりをつけたらしく勝手に奥のドアを開いた。

榊の居住スペースである。

だらしない男の一人暮らしという生態の展示になるような、乱雑な室内だった。

何日も替えていないベッドのシーツはくしゃくしゃで、朝起きた時のままに乱れており、まわりにはビールの空き缶。ちゃぶ台代わりのビールケースの上にはコンビニ弁当の残りと、割り箸をつっこんだままのカップラーメン。足下には怪しい週刊誌。脱ぎ捨てた服に下着。

「ひどいな…」

さすがに南雲がきれいな眉をひそめてうめいた。

「少尉がいらっしゃるとは、まったくの想定外でしたので」

こほん、と咳払いしてから、榊は続けた。

「ホテルの方がよろしければ、金は俺が出しますけど？」

せっかくのチャンスを逃す気はない。

「かまわない」

短く答えると、南雲が床のゴミを蹴飛ばしながらまっすぐにベッドへ向かう。

そもそもが事務所でもあり、海外スタイルで土足のまま使っていた。

南雲はベッドに腰を下ろし、靴を脱ぎ捨て、スーツの上を脱ぐ。

「掛けておいてくれ。皺《しわ》にしたくない」

上着を突き出され、榊はあわてててつり下がっていた自分の洗濯物を一つ引《ひ》き剝《は》がすと、丁寧に上着を掛けてカーテンレールに引っ掛ける。

「あの…、罰ゲームか何かですか？　えーと、俺はうれしいですけどね」

そして靴下を脱ぎ捨て、ベルトを外して男らしくズボンを下ろした南雲に、おずおずと尋ねた。

シュッとネクタイを引き抜き、床へ投げながら、南雲が傲然《ごうぜん》と顎《あご》を上げて榊を見上げる。

「黙って私を満足させろ。少なくとも、三万円分はな」

「はぁ…」

「でなければ、おまえはただの強姦魔《ごうかんま》か、買春…、どちらにしても性犯罪者だな。だがプラスマイナスで利益が発生していなければ……、ただのセックスだ」

榊は無意識に目を瞬かせ、そして床へ膝をつけてしゃがみこんだ。南雲と目線を合わせる。

……そう理解して、いいのだろうか？

期待と不安に胸がざわつく。

「ただの……セックスですか。恋人同士みたいな？」

ふっと、南雲が探るように榊を見た。

「解釈はおまえの好きにすればいい」

そしてどこか挑戦的に、唇で小さく笑った。

「了解《ラジャー》です」

ことさら堅苦しく答え、榊は南雲の頰に手を伸ばした。親指で唇を撫《な》で、誘われるままに唇を重ねる。

それから体重をかけ、細い身体をシーツに押し倒した。顎をつかみ、再び唇を奪う。舌先で唇を割り、強引に侵入して、逃げるように動く南雲の舌を絡めとった。わずかにあらがう身体を引きよせ、さらに深く味わう。

キスだけで血が沸き立つ気がした。頭の中が沸騰する。

いったん離して息を継ぎ、すぐにまた欲しくなる。

何度も味わってから、ようやく榊は身体を起こした。

自分の安物の上着はくしゃくしゃのまま投げ出し、急《せ》くようにシャツを脱ぎすてる。

そんな榊を、南雲が下からじっと見つめている。

「そうか…、あの時の子供か…」

南雲の片手を手首のあたりでつかみ、シーツに縫いとめるようにして、あらためてじっくりと整った顔を眺め、榊は小さくつぶやいた。

気がつかなかった。そうだ。きれいな子だな、と思った記憶はある。もしかすると、女の子だという認識だったのかもしれない。が、現場はそれどころではない混乱だった。

「今は上官だということを忘れるな」

「イエッサー。……でもベッドだと恋人なのでは？」

厳しく指摘され、しかし榊はにやりと返した。

胸の奥の方からわくわくと気持ちが弾んでくる。それこそ子供みたいに。

そっと手を伸ばし、榊は南雲のシャツのボタンを順に外していく。前をはだけさせ、きれいな喉元から下へスッ…と指を這《は》わせると、南雲が小さく息を吞《の》む気配がする。

頼りなく上がった腕を押さえこみ、榊は惹《ひ》かれるままに身を伏せた。

貪るように首筋にキスを落とし、胸へとすべらせる。舌先で鎖骨をなぞり、ついばみながら胸へとたどっていく。

南雲の身体がわずかに反り、まるでねだるみたいに突き出された胸の小さな芽を、榊はおいしくいただいた。

「あぁ…っ」

舌先でなめ上げ、転がすようにして執拗《しつよう》に愛撫《あいぶ》し、唾液をこすりつけてやる。最後に軽く歯を立てると、こらえきずに小さな声が上がった。

唾液に濡《ぬ》れた乳首がいやらしく突き出し、指でいじってやるとさらに高いあえぎ声がこぼれる。あっという間に硬く尖《とが》ったそれは、榊のいいオモチャだ。

濡れて敏感になっている片方を指でもてあそびながら、何もされていないままに早くも芯《しん》を立てているもう片方を口に含む。

「もう…、よせ…っ…、そこは……」

硬く目を閉じ、顔を背けて必死に唇を嚙《か》んでいた南雲がとうとうかすれた声で吐き出して、榊の腕に爪を立てる。

「ここ、弱いんですか?」

両方の乳首を指で摘《つ》まみ上《あ》げ、きつく押し潰しながら、榊は耳元で意地悪く聞いてやる。

わずかに潤んだ目が薄く開き、榊をにらみつけてきた。

ゾクゾクする。下半身を直撃されそうだった。

榊は片手で薄い脇腹から足へと手を這わせ、追って唇をすべらせた。

「あ…、ふ……ぁ…っ」

下着の上から中心をいくぶんきつめに握ると、南雲の身体がわずかによじれる。

手の中のモノはわずかに反応を見せていた。

たまらず、榊は南雲の下着を引き下ろした。

初めて見たわけではなかったが、昼間の明るい中で見るとやはりきれいだと思う。

榊は膝立ちになると、南雲の片足を無造作に抱え上げる。

そしてすでに頭をもたげていた南雲の中心を手の中に収め、軽くしごき上げた。

「あぁぁ……っ」

南雲の身体が跳ねるように大きく仰《の》け反《ぞ》る。ひどく官能的で、扇情的な光景だ。

どこか危うい表情を見つめながら、榊はくびれを集中的に攻める。

「あっ、あっ……、……んっ…、あぁ……っ」

振り払おうとするみたいにいやらしく腰が揺れるが、かまわず榊は先端の小さな割れ目を指の腹でもむようにしてなぞってやる。

やがてこらえきれずに溢《あふ》れた蜜が指先を濡らし、榊はそれを茎にこすりつけると、さらにきつくしごき上げた。

すでに隠しきれないほど、南雲の中心は恥ずかしく形を変えてしまっている。

しかし熱くなっているのは、自分も同じだった。もしかすると、それ以上だ。

下着の中がパンパンに膨らみ、あからさまにきつくなっている。

低くうなって、榊は南雲の両足を持ち上げた。

あっ…、と動揺する声が上がったが、かまわず膝を折りたたむようにして、足間に顔を埋める。

揺れる腰を膝の裏でしっかりと押さえこみ、奥の隠れた隘路《あいろ》を指先でこすり上げる。

「ふ…ぁ…、あぁぁ……っ」

ビクン、と身体が震え、甘い声が上がった。

舌先でなめ上げてから、さらに何度も指でなぞってやると、切羽詰まったあえぎ声が止まらなくなる。天を指して震えている中心からは、ポタポタと感じている証《あかし》が滴っている。

執拗にそこを愛撫してから、ようやく榊は一番奥の窄《すぼ》まりへと指を伸ばした。

あっ…、と隠しようもなくあせった声が心地よく耳に届く。

硬く閉ざしている場所を容赦なく指で押し開き、舌先をねじこむ。

「あぁぁ……っ」

触れた瞬間、南雲の腰が大きく跳ね上がったが、榊は力ずくで押さえこんで、さらにねっとりとなめ上げた。くすぐるように舌先で襞《ひだ》を掻きまわしてやると、淫らに収縮を始めたのがわかる。

たっぷりと濡らしてからいったん顔を上げ、今度は指先でそこをいじってやる。

入り口のあたりを焦《じ》らすみたいになぶりながら南雲の表情を確かめると、硬く目を閉じ、唇を噛んでシーツを握りしめていた。

もっと泣かせてやりたい――、という嗜虐《しぎゃく》的な思いが湧いてくる。

と同時に、全部自分のモノにしたい、という独占欲に襲われる。

ただ……きっと、無理だろうな、と頭のどこかでわかっていたが。

誰かのものになる人ではない。きっと自分の手には余る。

ただ、それでも――離したくなかった。

榊はゆっくりと指を中へと差し入れ、抜き差しを繰り返して馴染《なじ》ませる。

「あっ……、あぁぁぁ……ッ、ダメ……っ」

絡みついてくる熱い内壁を掻きまわし、硬く指先に当たるポイントを見つけ出して執拗に刺激してやると、南雲が大きなあえぎ声を上げて腰を振った。

指が抜け落ち、ホッとしたように南雲が大きく胸をあえがせる。

少し息を整えてから、薄くまぶたが持ち上がり、じっと榊を見つめてきた。目尻がわずかに濡れている気がする。

榊は手を伸ばして汗ばんだ額を撫で、乱れた前髪を掻き上げた。

「入れますね」

宣言すると、あたりを見まわして、ベッド脇に投げ出されていたチューブ入りのハンドクリームに手を伸ばす。冬場、榊の指の皮がひび割れた時、夏加が置いていったものだ。

予告がなかったのだから、いろいろと準備が足りないのは仕方がない。

手の中に押し出して南雲のうしろにあてがうと、やわらかく溶けた襞がくわえこもうとするみたいに指に吸いついてくる。

それをなだめるように爪の先で掻きまわしてから、一気に二本、中へと押しこんだ。

「あぁぁ……っ」

南雲の身体が大きく仰け反る。

ギュッ、ときつく指が締めつけられ、その抵抗を楽しみながら何度も抜き差ししてやる。

ぐちゅっ…、といやらしい音が空気に溶け、南雲のあえぎ声と混じって、榊の下肢を熱くする。

もっと十分に慣らして、ねだってくるくらい焦らしてから、と企《たくら》んでいたが、とても我慢できそうにない。

「くそ…っ」

誰にともなく低く罵《ののし》ると、榊は南雲の体温を移して熱くなった指を引き抜いた。

そして手荒く自分のズボンのファスナーを引き下ろすと、情けなくも自分のモノはすでに先走りが溢れてしまっている。

熱く、硬く、暴れ始めている切っ先を、榊は誘うみたいにうごめくうしろに押し当てた。

その感触に気づいて、南雲が小さく息を呑む。

わずかに開いた目と、視線が合った。

「早く……しろ…っ」

かすれた声で命じられ、榊は夢中で腰を進める。

熱い粘膜に全体がきつく絡めとられ、呑みこまれる。あまりの快感に脳が溶けそうだった。

「あぁぁ……っ」

大きくよじれた南雲の身体を無意識に引きよせ、榊はさらに深く突き入れた。

一番奥まで何度も突き立て、欲望のままに容赦なく腰を使う。

自分の方が追い立てられる感覚に――限界だった。

引き抜く余裕もなく、南雲の中で榊は果てる。

しばらくは放心状態で、気がつくと自分の荒い息遣いが耳に届いていた。

のろのろと身体を動かし、力をなくした自分のモノをようやく引き抜く。

「すみません…、中に出しました……」

面目なく、榊は低くうめく声で告白した。

救いは南雲も同時に達していたことだろう。

汗を拭うように片手を額にやった南雲が、大きく吐き出した息とともにさらりと言った。

「懲罰ものだな…」

さっきまで乱れていたとは思えない平静な顔で、しかし肌は紅潮し、眼差しが潤んでいるのがわかる。

精液に濡れたままでも、凛《りん》とした佇《たたず》まいが強烈な色気を放つ。

ゴクッ、と榊は唾を飲みこんだ。

イッたばかりの自分の中心に血が集まり、ムクムクと力をもどし始めるのがわかる。

どうしようもなく、欲情する。

榊は突き動かされるままに顔を伏せ、まだ濡れている南雲のモノを口に含んだ。

「おい…っ」

さすがにあせった声を上げ、南雲の手が榊の髪をつかんで引き剝がそうとしたが、かまわなかった。

口でしゃぶり上げ、根元の双球を指で愛撫すると、だんだんと口の中で南雲のモノも硬くなってくるのがわかる。唇から溢れる吐息が乱れ始める。

「バカが…っ」

小さく罵られたが、止まらなかった。

南雲の唇からかすれたあえぎ声がこぼれるくらいになるとようやく口を離し、すでにズキズキと痛み始めていた自分のモノを、再びうしろに押し当てる。

すみません、と先にあやまってから、一気に挿入した。

きつく締めつけられる快感に、うっ…、と思わずうめき声がもれる。

すでに濡れていた中はすべりがよく、激しく出し入れするたびにいやらしく濡れた音が空気を揺らす。

「……んっ…、あっ、あ……あぁぁ……っ」

深く突き入れる動きに合わせてしなやかな身体が大きく仰け反り、宙に伸びた腕が榊の肩をつかんだ。そのまま背中へと回され、爪が肌に食いこんでくる。

だがその痛みも心地よく、愛しく、ジン…と甘い疼《うず》きが胸に沁みこんだ。頭の芯が痺《しび》れてくる。

長い足が榊の腰に絡み、強く引き寄せる。

それに応えて深くえぐるように腰を使いながらも、榊は荒い息遣いの合間に南雲の頰を撫で、唇を奪った。

腕の中の南雲は美しく、無防備で、――期待、してしまいそうになる。

「うぬぼれても……いいですか……?」

知らず、そんな言葉がこぼれ落ちる。

そっとまぶたを持ち上げた南雲が濡れた眼差しで榊を見つめ、唇で小さく微笑んだ。

「まだ…、ダメだ」

つれない返事。

だが、するりと伸びた指が榊の頭を引き寄せ、南雲からキスを与えられる。

甘い吐息と一緒に、榊はたっぷりと味わった。

まだ――ということは、この先の可能性を信じていいのだろうか?

精進が必要だということか。

わずかに汗ばんだ身体を抱きしめ、榊は我を忘れて貪った。

夢中だった。次にこの腕に抱けるのがいつなのかもわからない。

あっという間に二度目の絶頂を迎え、榊は全身の力が抜けて南雲の上に倒れこんだ。

……多分、南雲も達したはずだ。

それも確認できないほど余裕のない自分が、ちょっと情けない。

確かに、まだまだだ。

邪険に下から髪をつかまれ、身体が引き剝がされる。

「重い」

横に並ぶ体勢になって、榊は無意識に腕を伸ばした。南雲の身体を腕の中に引きよせる。

「すみません」

とりあえず、あやまってみる。

何かもう、いろんなことが自分でもどうしようもなかった。

気怠そうな南雲の顔を両手で持ち上げ、離れがたくキスをする。

どうしたらいいのかわからなかった。

ここでこの人を手放したら、世界中の危険な場所へ飛びこんでいくのだろう。

いたたまれない気がした。

「……どうしたら、いいですか……?」

自分でも何を言っているのかわからないまま、そんな言葉がこぼれ落ちる。

至近距離からじっと南雲が榊を見つめ、そして唇で笑った。

「覚えているか？　前におまえが私を襲った時、社長がこの件に関わっていなければ、おまえを私の好きにしていいと言ったのを」

「ああ…」

呆《ほう》けたように榊はつぶやいた。

そうだ。言われてみれば、結局、社長自身は関わっていなかったことになる。

ただ、榊としては、社長と会社とはほとんど同義の感覚だったのだが。

「何をさせたいんです？」

とはいえ、その事実認定を争うつもりはなかった。

「除隊は認めない。死ぬまでメリッサで働いてもらう」

まっすぐな目でさらりと言われて、榊は二、三度瞬きした。

「すげぇブラック企業ですね……」

そして、苦笑する。

メリッサの仕事であれば、文字通り死ぬまで——という可能性が高い。

榊は唇をなめ、ちょっと考えた。

「メリッサで働くためには……、俺には守るべき人間が必要だ」

そして静かに口を開く。

あの倉庫で、南雲と一緒に連中に対峙《たいじ》した時の高揚感を思い出す。

血が沸き立つような——それでいてすっきりと冷静に頭が冴《さ》え、身体が動く感覚。

自分には、守るべき相手が必要なのだ。

玲を失ってから、ずっと見つけられずにいた。

「俺くらい優秀なレベルだと、あんたが適任だ」

そんな榊の不遜な言葉に、南雲が吐息で笑う。

「たいした自信だな」

「俺のいないところでは死なせない。……もちろん、いるところでも」

もう、二度と。

「だから…、あんたを守らせてくれ」

まっすぐに息を詰めるように言った榊の頬に、南雲の指が伸びてくる。

手の甲でそっと触れ、静かに微笑んだ。

「近いうち、正式な辞令があるだろう。おまえは私のチームに入る」

ハッと榊は息を吸いこんだ。

大きく胸が膨らんでくる。

「私のそばにいろ」

それだけ言うと、南雲はするりとベッドから起き上がった。

初めて来たはずなのに、まっすぐに部屋の隅のシャワールームへ向かっていく。

そして、背中で榊に言った。

「宝生中将に伝えてくれ。賭けは私の勝ちだと」

「え？」

すらりと伸びたきれいな背中を、榊は呆然と見送った。

中将……と、賭け？

榊を落とせるかどうかの？　あるいは、メリッサに残せるかどうかの？
いずれにせよ、あの古狸《ふるだぬき》が損をするようにはできていないらしい――。

POSTSCRIPT

FUUKO MINAMI

　こんにちは。SHYノベルズさんでは初めまして、になります。水壬楓子と申します。どうか末永く、よろしくお願いいたします。
　いつの間にか芸歴（？）もそこそこ長くなり、自分でも予想外にしぶとく続けさせていただいているのですが、新しいレーベルさんというのはいつもドキドキ、ワクワク、ハラハラの三重奏です。しかしどこでも芸風はあまり変わらない……のかな？　あっ、でもファンタジーでも極道でもない現代物はひさしぶりな気が（笑）
　そして今回の「アンダーカバー」、タイトル通り潜入捜査官のお話になります。というか、もともとは編集さんとのお話で、軍人さんが書きたいですねっ、軍服、カッコイイですよねっ、という流れだった気がするのですが、書き終わってみれば誰一人軍服を着てい

水壬楓子　URL　http://www.hi-ho.ne.jp/kikuro/
Windy Market：水壬楓子公式サイト

るシーンがなかったという…！　痛恨のミスでした。うぉぉ…、カッコイイ軍服のイラストをっ、と意気込んでいたのですが、なんかいろんなツメが甘い…。いやぁ、考えみたら潜入ですもんね。そうですよね…。

　そんなわけで、潜入捜査官と美人秘書さんの恋と陰謀の駆け引き＆アクション、お楽しみいただけるとうれしいです。

　このたびイラストをいただきました水名瀬雅良さんには、素晴らしくカッコイイ二人を本当にありがとうございました！　ちょっぴりおっさん風味な榊と、クールビューティーな南雲さんのツーショットがゾクゾクするほど色っぽいです。そして編集さんには、本当に多々、お世話になりました。初めての本だというのに長々と延期してしまい、多方面にご迷惑をおかけして申し訳ありません。なんとか挽回できるよう、気合いを入れ直したいと思います。

そしてこちらを手にとっていただきました皆様にも、本当にありがとうございます！　いっとき、スリリングな世界でわくわくしていただけると本望です。

それでは、またどこかでお目にかかれますように——。

7月　冷蔵庫をスイカが占拠する季節…。

水壬楓子

undercover アンダーカバー

SHY NOVELS336

水壬楓子 著
FUUKO MINAMI

ファンレターの宛先
〒101-0065 東京都千代田区西神田3-3-9大洋ビル3F
(株)大洋図書 SHY NOVELS編集部
「水壬楓子先生」「水名瀬雅良先生」係
皆様のお便りをお待ちしております。

初版第一刷2017年9月5日

発行者	山田章博
発行所	株式会社大洋図書 〒101-0065 東京都千代田区西神田3-3-9大洋ビル 電話 03-3263-2424(代表) 〒101-0065 東京都千代田区西神田3-3-9大洋ビル3F 電話 03-3556-1352(編集)
イラスト	水名瀬雅良
デザイン	Plumage Design Office
カラー印刷	大日本印刷株式会社
本文印刷	株式会社暁印刷
製本	株式会社暁印刷

ISBN978-4-8130-1304-4

原稿募集

ボーイズラブをテーマにした
オリジナリティのある
小説を募集しています。

【応募資格】
・商業誌未発表の作品を募集しております。
（同人誌不可）

【応募原稿枚数】
・43文字×16行の縦書き原稿150—200枚
（ワープロ原稿可。鉛筆書き不可）

【応募要項】
・応募原稿の一枚目に住所、氏名、年齢、電話番号、ペンネーム、略歴を添付して下さい。それとは別に400-800字以内であらすじを添付下さい。
・原稿は右端をとめ、通し番号を入れて下さい。
・優れた作品は、当社よりノベルスとして発行致します。その際、当社規定の印税をお支払い致します。
・応募原稿は返却いたしません。必要な方はコピーをおとりの上、ご応募下さい。
・採用させていただく方にのみ、原稿到着後3ヶ月以内にご連絡致します。また、応募いただきました原稿について、お電話でのお問い合わせは受け付けておりませんので、あらかじめご了承下さい。

【送り先】

〒101-0065
東京都千代田区西神田
3-3-9 大洋ビル3F
(株)大洋図書
SHYノベルス原稿募集係